漫娱图书

古 人 很 潮 MOOK 系 列

当理想主义者死于茫茫尘世间，
他身后的飘渺冷雨，是后人读到史
书此行时潸然落下的眼泪。此时
史书里的月，清清冷冷的一弯，像
人心头破碎的梦想。

古人很潮

历史的参遗憾

古人
很潮

编著

长江出版社
CHANGJIANG PRESS

漫娱图书

目录

第一卷
黍离之悲

第二卷
浮云朝露

第三卷
壮志难酬

文人墨客，王侯将相，过眼云烟。
史书一册，朝代百年，镜花水月。

黍离之悲

SHU LI ZHI BEI

曹植

霍去病

浮云朝露

BU YUN ZHAO LU

从滚滚的朝代烟尘中走出，回头望去，
天地不再是荒原，是属于天才们的理想国。

王勃

曹雪芹

陆游

屈原

诸葛亮

看看历史最初的那轮月亮，它如何在少年的胸膛里永远高悬、永远洁净。

黍离之悲

第一卷

SHU LI
ZHI BEI

死去元知万事空
但悲不见九州同

LI SHI DE
YI HAN 文
拂罗

LI SHI DE YI HAN

历史的模样，是遗憾的问号吗？

当你翻开书，独自行走在静穆的历史废墟之上时，四方夜幕低垂，大地无边无际，只有一道道古老的车辙埋没在荒草之下，那是前人留下的旧迹。他们曾在这片大地笑过、哭过、活过，上演过一幕幕王朝兴衰。

距今两千二百年前，一扫六合的大秦王朝，是如何覆灭在六国遗民的怒焰之中？

距今一千四百年前，风华绝代的唐朝盛世，是如何破碎于安史之乱的马蹄之下？

距今一千零六十年前，纸醉金迷的南北两宋，如何在大雪里踉跄着痛失国土，偏安一隅？又如何一步步将繁华唱衰，听崖山尽头传来一声裂帛？

距今六百多年前，万邦来朝的永乐盛世仿佛是最后的黄金时代，是如何急转直下走向寂灭？千秋霸业化作一抔尘土，十万遗民又是如何同心死义留大明三百里江山，只余风骨铮铮？

历史的模样，是激昂的感叹号吗？

"朕为始皇帝，后世以计数，二世、三世至于万世，传之无穷！"[1]

历经五百年春秋战国的乱世，天下终于归于一统，本该威震四海的灿烂开篇，尾页却结束得如此仓促。

楚人一炬，可怜焦土。

自秦朝建立至二世而亡，共计十四年而已。

历史的模样，是平淡的句号吗？

公元 755 年，经安史之乱，盛唐不再。

多少年以后，诗仙与诗圣相继合上双眼，长安城上空仍然响彻暮鼓与晨钟，一百零八坊间传唱的歌谣却不再是日月合璧的诗篇，而是唐玄宗与杨贵妃的爱情传说。

亡国，这个无比沉重的词，却这样压在美人的花钿金钗之上。

故事终于走向了结局，藩镇军阀们攻破京城，纵火焚掠，大明宫毁得只剩含元殿，

1　出自《史记·秦始皇本纪第六》。

长安城在连年战火里废弃，昔日的盛唐于一夕间跌落谷底，沦为旧梦。

长安回望绣成堆，山顶千门次第开。一骑红尘妃子笑，无人知是荔枝来。[1]

历史的模样，是仓促的破折号吗？

在这里，大宋随着靖康年间的一场鹅毛大雪，走向衣冠南渡的转折点。

暖风熏得游人醉，直把杭州作汴州，这诗被南宋文人林升写在临安城的某面墙上，每句每字，都深深质问着偏安一隅的君臣——

难道你们忘了故都汴京吗？！

与此同时，即将直捣黄龙的岳飞，正收到赵构御笔书写的十二道班师金牌。

几十年后，宋音成了绝响，不巧降生于朝代陨落前夕的名士们，新朝建元之际，只好自侃无家无国之人，将年轻的生命放浪山水间，悠悠唱尽前朝事。

死去元知万事空，但悲不见九州同。[2]

秦汉、盛唐、两宋、大明……浩如烟海的二十四史，历代传诵的《古文观止》，它们忠实地记录着故事的真相，在车辙的最尽头，在人类文明的残垣断壁中，尽是声势浩大的断章。

你才明白，历史是无数个没来得及写完的逗号。

——除了书里冰冷的字句符号以外，历史，是否什么都没有剩下？

站在废墟之中，你难免黯然神伤。

千百年间，有多少访古的旅人也曾如此虔诚、如此孤独地走向早就死去的日月星辰？

然而，无数个戛然而止的逗号，竟成了落寞长夜里不熄的星火，它们从无垠的文明废墟徐徐划燃自身，数以万计，薪火相传，熠熠升空，铺成银河。

你惊奇地发现，万道车辙沿着你跋涉而来的足迹亮起金芒，遥遥指引着你前往星火深处，于是，在你朝着前方迈步的那一刻——

---

1 杜牧《过华清宫绝句三首·其一》。
2 陆游《示儿》。

风雨凄凄的阿房宫缓缓有了轮廓，一声惊雷过后，秦始皇与楚霸王隔着烈火仗剑对峙；

万国来朝的大明宫渐渐亮起华光，霓裳舞乐声中，火树银花的盛世自贵妃的裙摆旋开；

烟柳画桥的汴梁城徐徐染上色彩，风帘翠幕之下，清明上河图最深处的热闹栩栩复苏……

原来，当岁月被文字点燃，历史便真正有了模样——

文人墨客，王侯将相，过眼云烟。

史书一册，朝代百年，镜花水月。

要跋涉到岁月之外的另一重山河去，看看我们的王朝如何像烈日般冉冉升起，又如何似枯叶般簌簌飘回奔流的长河当中。

启程吧，去看看历史的模样。

LI SHI DE
YI HAN

文

拂罗

人皆怜楚三户在
天独知秦二世亡

秦二世而亡

QIN ER SHI ER WANG

公元前 212 年，公子扶苏回望咸阳城的最后一眼，他看见秋风扬起满秦都的枯叶。

——今日远行，何年才能再回来呢？

穿过咸阳，眺望百里，便可看见绵延不绝的骊山璧影，无数劳工正抡着铁锄挥汗如雨，"叮叮当当"的敲击音日夜不休。

扶苏知道，那是父亲嬴政自少年登基以来便命人修建的皇陵，与那座尚未建完的阿房宫一样，都寄托着父亲此生最壮阔的野心。

"这地宫以水银为百川江河大海，机相灌输，上具天文，下具地理……"[1]父亲的声音铿锵有力，"扶苏，看见了吗？如今六国尽归大秦，唯有最壮丽的陵墓，才配得上我大秦气度！"

那时候扶苏还小，只觉得滚烫的赤红炉火很吓人，身份低微的匠人们正忙着给泥坯盘筑、捏塑……一个个等身的兵马俑浴火诞生，神情威武，栩栩如真。

自春秋战国以来，人们不再采用活祭陪葬，这些泥俑将代替将士文官，陪帝王的棺椁一同进入那幽幽的地下陵墓，走向岁月的最尽头。

小扶苏扯住嬴政的衣袖，号啕大哭："我不要父皇死！"

叮叮当当，叮叮当当……

随着扶苏一日日长大，嬴政一日日年老，父子俩的矛盾也愈演愈烈。前不久，扶苏直言反对坑杀术士，终于点燃了秦皇压抑已久的怒火："够了！你去督军修长城！"

这些年，父亲对自己恐怕早就失望透顶。扶苏坐在马车里，中断回忆，发出一声叹息。

"公子坐稳喽！"车夫扬鞭启程。

山河远阔，路途遥远，从咸阳城乘车飞驰到边关上郡，这一路仍能听见民间传来泣声，望见直道两旁的百姓瞥来怨愤的视线。这些人都是遗恨未消的六国子民，仍在等待着反抗的机会。

此时，正是大秦一统天下的第九个年头。

1　《史记》："以水银为百川江河大海，机相灌输，上具天文，下具地理。以人鱼膏为烛，度不灭者久之。"

01

倘若追溯秦国的历史，还要从遥远的古代谈起。

传说嬴姓的祖先是商朝的开国功臣，在商汤灭夏时立下战功，此后过上了无比显赫的贵族生活。直到王朝末年，商纣王被周武王姬发打败，一把自焚的大火烧了朝歌鹿台，从此商朝灭亡，西周建立。

旧日王朝虽覆灭，商王后裔却仍在，嬴家人选择追随君主发动叛乱，但以惨败告终，他们一夜间沦为奴隶，被发配到荒芜的西部自生自灭，人们蔑称他们为"秦夷"。

从破晓到黄昏，血色残阳笼罩着天下，族人们含泪挥别家乡，一步步迁徙到这里，落地扎了根。

转眼百年已过。

卑贱的苦日子并未消磨族人们的坚韧，他们在蛮夷之地放牧养马。周孝王时期，终于有一位名叫非子的祖先因"好马及畜，善养息之"[1]得到王的赏识："予将秦地一带封给你，望你好好养马，对抗西戎！"

于是，非子以封地为氏，号曰秦嬴，开始了世代为周天子养马的生活。此时他们还不是诸侯国，只是坐拥一处小小地盘的族群。作为"附庸"，关中的富饶与他们半点关系也没有。

但或许也曾有某一辈的嬴姓族人，遥望远方，许下壮志："有朝一日，必要剑指关中！"

岁月弹指一挥，又是几代嬴家人的身影匆匆隐入历史的烟尘中，西周迎来昏君周幽王，老对手戎人一口气攻进关中，占领镐京，杀了幽王。周天子名存实亡，各诸侯都想从中分一杯羹，于是史称"春秋战国"的东周正式开始了。

乱世咆哮，马群奔踏，那个隐忍百年的家族终于看到了希望的曙光。

周平王为了躲避犬戎，决定迁都洛邑，这一代的嬴家祖先抓住机遇，一路带兵

---

1 《史记》："非子居犬丘，好马及畜，善养息之。犬丘人言之周孝王，孝王召使主马于汧渭之间，马大蕃息。"

护送新王，使周平王感动不已，封他为诸侯，赐他岐山以西的土地，并放声许诺："犬戎无道，夺我岐、丰之地，倘若秦国能攻逐戎人，这些土地统统归你们所有！"

至此，秦国建国，那位祖先成了第一位国君，史称秦襄公。

从放牧的奴隶部落一跃成为开疆拓土的新兴势力，中间是历代秦人奋斗的缩影，他们精神里似乎有一条永远坚韧不折的麻绳。秦襄公驾崩后，代代秦王皆以"征伐西戎，推进版图"为目标，占领了关中平原的大部分地盘。

"岂曰无衣？与子同袍。王于兴师，修我戈矛，与子同仇！"[1] 秦兵们高唱着战歌，齐齐迈步朝着被犬戎侵略的地方进军，同仇敌忾，视死如归。

谁说我们无衣可穿？与你同穿那战袍！君王兴师去交战，修整我的戈与矛，与你同杀那仇敌！

02

扶苏也曾听过那首古老的军歌，它来自秦兵最威武的年代。

击败犬戎之后，秦国曾陷入漫长的低谷期，权贵专权，百姓生活穷苦，虽然勉强撑过了春秋时代，成为战国七雄之一，但那时的秦国称不上强国，随时都有被吞并的风险。

秦孝公即位后，十分痛心秦国的现状，下了一道求贤令："宾客群臣有能出奇计强秦者，吾且尊官，与之分土！"

重赏之下，卫国人商鞅走进秦宫，用变法为秦王描绘出兵强马壮的未来。秦孝公大喜，不顾群臣阻拦，任命商鞅为大良造，正式拉开了"商鞅变法"的序幕：商鞅规定废除旧制度，集小都乡邑聚为县，县令由君王直接任命，不可世袭，使得地方官员无法结成豪强，所有权力统统收回秦王手中，也称"中央集权制"。

紧接着，他又推行了二十等军功爵制，规定"有军功者，各以率受上爵"。"率"指的是敌军首领，即平民百姓也有出人头地的机会，每上战场杀一名敌军，可用人头升一爵。

---

1 出自《秦风·无衣》。

除此之外还有"连坐制度"：规定五家一伍、十家一什，一家有罪，九家必须连举告发，否则同罪连坐。

"大良造有命！倘若主动告发奸人者，与斩敌首同赏——"

令初下，举国哗然，百姓们起初议论不休，一听到"大良造"之名，都纷纷安下心来："商鞅言而有信，必定是真的！"

原来，商鞅当初没有急着公布法令，而是先"徙木为信"。他命人在国都集市南门竖起一根高三丈的木头，张贴告示："有能徙置北者予十金！"

把木头从南门抬到北门就能得到十金？百姓们一头雾水，无人敢上前。商鞅不急不躁，追加告示："能徙者予五十金！"

有人大着胆子扛起木头，将其搬到集市北门，在众人惊愕的视线里，商鞅真给了他五十金！ [1]

从此以后，秦人们对商鞅颁布的法令深信不疑，为了军功自发上战场，甚至"壮男为一军，壮女为一军，男女之老弱者为一军，此之为三军也"。 [2]

这也是后来秦兵被六国惧为"虎狼之师"的原因。

"杀！一份军功都别放过——"原本寂寂的秦国如烈日般崛起，迅速成为强国，哪怕多年后商鞅因得罪人太多而被车裂，他推行的变法在秦国却从未被撼动过。

天下大局，就此改变。强秦迅速成为列国眼中的威胁，纵横家苏秦与张仪纵入风云——

纵者，合众弱以攻一强也；横者，事一强以攻众弱也。 [3]

苏秦推行合纵策略，主张列国联合抗秦；张仪推行连横策略，主张与秦合作。

百年间，战国七雄时而合纵、时而连横，战争爆发了一次又一次，不知何日是尽头。秦孝公、惠文王、武王、昭襄王、孝文王、庄襄王……每一代秦王都励精图治，将嬴姓族人骨子里的坚韧发挥到极致，整整六代都是明君，放眼天下，举世罕有。

---

1 《史记》："令既具，未布，恐民之不信，已乃立三丈之木于国都市南门，募民有能徙置北门者予十金。民怪之，莫敢徙。复曰：'能徙者予五十金。'有一人徙之，辄予五十金，以明不欺。卒下令。"
2 出自《商君书·兵守》。
3 出自《韩非子》。

直到十三岁的嬴政登上帝位，没人能预见，这个隐忍孤绝的少年居然会成为千古一帝。童年屈辱、少年动荡……他继承了嬴家自古传承的隐忍与野心，从痛苦中一步步走向坚定，从悲剧中一步步迈向传奇。

终结五百年的大乱世，需要多久？

秦王嬴政将征伐的目光投向烽火山河，决心将六国尽收入掌中，以战止战。那年他刚刚三十岁，携着李斯、尉缭等人登台眺望天下，眉宇间尽是气吞山河的锋芒与轻狂。

"诸卿，倘若能使万里版图归一，普天之下尽归我大秦，该是何等的畅快！"

秦灭六国之战正式打响。

灭诸侯，成帝业，为天下一统。[1]

接下来十年间，秦国采用内部瓦解的方式摧垮合纵，再将它们逐个击破：韩、赵、魏、楚、燕、齐……阵列整齐的秦兵手持戈矛，气势磅礴，锐不可当，恰与骊山陵墓内那些威严的兵俑气魄相同。

03

公元前 221 年，秦扫六合，嬴政称帝。

诸侯割据终于结束，三十八岁的嬴政君临天下，认为自己德兼三皇，功过五帝，于是自称皇帝。

两千年的皇帝制就此开始，"自秦以后，朝野上下，所行者，皆秦之制"指的便是历朝历代皆沿用大秦的中央集权制度。

四分五裂的春秋战国时期结束，历史必然地走向大一统，而秦皇仅用十年扫荡六国，也正因为秦国奋六世之余烈，代代秦王付出的艰辛，终于在这一天迎来无比刺眼的朝阳——

---

1 《史记》："夫以秦之强，大王之贤，由灶上骚除，足以灭诸侯，成帝业，为天下一统，此万世之一时也。"

"朕为始皇帝，后世以计数，二世、三世至于万世，传之无穷！"[1]

当嬴政身披威严的衮玄礼服，一步步登临高台时，他所看见的皆是猎猎飘扬的漆黑旌旗，所听到的皆是大秦将士们心潮澎湃的呼喊——

"壮哉大秦！壮哉大秦！"

打江山难，守江山更难。

天下之事，无大小皆决于上。上至以衡石量书，日夜有呈，不中呈不得休息。[2]

作为前无古人的开辟者，国家大事小事皆要上报给皇帝过目，每日送进殿里的竹简足有一百二十斤之重，不批完这些竹简，嬴政绝不合眼睡觉。

诸多问题都迎刃而解，后世王朝几乎再无后顾之忧：七国各有不同的货币标准，往来通商根本无法换算，例如秦国用的是"半两"，楚国用的是"刀币"，魏国用的是"布币"……嬴政下令统一度量衡，结束了战国时代混乱的货币制度。

七国都使用不同文字，导致各国文化不通，嬴政命李斯、赵高、胡毋敬分别用小篆体写下《仓颉篇》《爰历篇》《博学篇》，作为学习范本统一文字。

各地马车大小不同，导致车道宽窄不一，乘车十分不便，嬴政下令将马车轮距统一改成六尺。

此外，他还拆除了诸侯割据时的关塞堡垒，打开交通道路，修建四通八达的直道和驰道，使曾经艰难的出行变得十分方便。

统一度量衡，书同文，车同轨……还有太多构想没来得及实现，日子一天天地过去了，没人能抵过岁月消磨，当嬴政再回过神时，他发现自己竟已不再年轻。

登基那年，他随口答应在骊山修的那座皇陵，如今已成了一座颇具规模的地宫，那里处处都刻着日月星象、山川大地的壁画，与他最眷恋的壮美山河别无二般。就连陪葬坑里成排成列的兵俑，也是仿照秦军们的面庞捏制，正所谓"事死如事生"，他希望在阴间也同样能有着自己生前的权力。

但这一切都在提醒嬴政，纵然是他，也无法回避天命。

1　出自《史记·秦始皇本纪第六》。
2　出自《史记·秦始皇本纪第六》。

遥想年轻时曾许下的万世之诺言，自己曾用短短十年就征服了这片大地，如今竟只能眼睁睁看着老之将至，为何人不能长生不老呢？

日渐年迈的嬴政开始求仙问药，他几次东巡寻访灵药，皆无果。

朝廷议论纷纷，猜测帝位继承者会是谁，究竟会是公子扶苏，还是公子胡亥？

04

扶苏是嬴政的长子。

他的名字出自《诗经》，用以形容盛夏里枝叶繁茂的花草，如此美好的寓意，可见这孩子出生的时候，刚刚成为父亲的嬴政有多么喜悦。

在扶苏从小到大的记忆里，父皇都是严厉又威武的形象，永远都心事重重。起初父亲刚刚亲政，忙着铲除嫪毐与吕不韦等人，亲自执掌秦国大权；后来父亲剑指天下，不断挥师，征伐六国；最后父亲成了皇帝，日日忙着批阅公文，彻夜不歇。

日复一日，父亲的背影渐渐老了。

弟弟胡亥每天沉迷玩乐，而扶苏愈发心系天下，两人渐渐形成了鲜明的对比，可到头来，时常惹嬴政发火的那个人却也是扶苏。起因是他经常劝谏父亲，不要年年大兴土木，要对六国遗民耐心些。

"修长城"指的是什么？

秦吞并天下后，秦皇曾命令大将蒙恬率三十万众北逐戎狄，收河南、筑长城，将昔日六国各自修筑的城墙都连在一起，连成延袤万余里的长城。虽然这道屏障可抵御外族，但年年征调的劳工数量、征收的赋税已远远超出人民能承受的范围。

"生男慎勿举，生女哺用脯。不见长城下，尸骸相支拄……"[1]

民间传唱着歌谣，生下男孩千万不要把他养大，生下女孩就好好用肉脯养育吧，您莫非没看见那长城之下，役夫的累累尸骨正堆积如山吗？

被人憎恨的秦律又是什么？

1　出自《长城谣》。

军功爵制度、连坐制度、徭役制度……当这些熟悉的法令走出秦国，推行到全天下时，竟立刻引起了各地的激烈反抗。

原来，六国各有文化，根本不适应严格的新法令。秦国之所以能适应秦律，是因为商鞅变法已推行了一百多年，秦人们早已习惯这种生活。更何况，秦国自古以来便与犬戎作斗争，养成了铁血尚武的彪悍民风。其他六国却并非如此。

早在秦兵怒喊着"砍一颗头换一等爵"的时候，六国士兵们惊惧困惑的目光就透露出了如今爆发矛盾的迹象。

楚虽三户，亡秦必楚。 [1]

这是楚国流传的一句谶语，它冥冥间预兆着大秦王朝十四年后的结局。在六国遗民中，那些天性浪漫的楚人怒意最为强烈，他们蛰伏在暗处，发誓总有一天要将奢靡的咸阳宫烧成灰烬。

大秦用仅仅十年扫荡六国土地，却无法在短短十年收服六国民心，征伐的速度太快，成了一把双刃剑。

商鞅变法，它仿佛是百年前命中注定的伏笔，或许，秦朝注定像朝阳般迅速升起，也注定如落日般迅速陨落。

这些民愤都被扶苏看在眼里。他曾屡次谏言劝过父皇，却因治国理念截然不同，屡次以父子争执告终。

公元前 212 年，公子扶苏因反对焚书坑儒，被远远贬到上郡监修长城，转身离开王宫之前，扶苏并没有看到身后嬴政那深沉又无奈的目光——这孩子太优柔寡断，让他跟着蒙恬锻炼锻炼吧。

起风了。

那是扶苏此生回望咸阳的最后一眼，沙沙的秋风里，飘来劳工们做苦力时的吆喝声。

---

1 出自《史记·项羽本纪》。

05

公元前 210 年，天子在巡游的路上，并未想到死亡一日日地接近了。

这些年来，嬴政已有四次东巡，每次出行都引来人山人海围观，除了彰显帝王威仪之外，更重要的目的是寻求长生不老之药，只可惜卢生侯生都是骗子，徐福又杳无音信。

难道长生注定是一场奢望吗？

秦皇决定第五次东巡，由左丞相李斯、中车府令赵高陪驾，小儿子胡亥吵着要去，做父亲的便答应了他。出发时正是寒冷的年初十月[1]，山河已经隐隐有了苍白的雪色，四十八岁的嬴政抬头望向天穹，低低咳嗽，半晌未止。

与此同时，远方的扶苏并不知道父亲病重的事。登临长城，俯瞰天地，寒风里尽是监工们严厉的吆喝声。扶苏每次站在这里，都能目睹劳工活活累死的场面。

"快干活！""偷什么懒！"同伴们神情麻木，迈过他的尸体，继续干活儿。

"公子，回去歇息吧。"蒙恬缓缓走来。

相处这些日，两人已成了至交好友，他们经常聊起咸阳，聊起往事，聊起陛下……蒙恬发现，公子经常站在这里，静静眺望着秦都咸阳的方向，一站就是一整天。

"公子是想家了？"

"父皇的健康近年每况愈下，我担心他的身体……"扶苏微微摇头，沉默良久，发出一声叹息，"罢了，父皇只怕再也不想见到我了。"

冬去春来，东巡路上，转眼已迎来酷热的七月。

病重的嬴政坐在马车里，听着轻快的车轮滚动声，他眼前只有一片昏沉的黑。

百年以后，这大秦王朝又会是怎样一番盛世光景呢？

秦皇清晰地意识到，自己再也看不到那天了。当务之急是赶紧给那孩子写封遗诏，让他速速回咸阳主持丧事，继承帝位……遗诏刚命赵高写好，还没来得及交给使者送出，嬴政那双苍老的大手，忽然悄无声息地垂了下去。

1　秦历以十月为岁首，故而秦始皇十月开始第五次巡游，同年七月病重去世。

"陛下？陛下？"眼看皇帝再无回应，赵高低头望向遗诏上继承人的名字，他的目光渐渐冰冷起来，是公子扶苏。

赵高决定与胡亥合谋瞒天过海，并胁迫丞相李斯同谋。

七月丙寅，始皇崩于沙丘平台。[1]

在赵高的安排下，皇帝驾崩的消息没有任何人知道，从沙丘宫却赶来一位骑快马的使者，将一封皇帝诏书送到扶苏和蒙恬面前。

"朕巡天下，祷祠名山诸神以延寿命。今扶苏与将军蒙恬将师数十万以屯边，十有馀年矣，不能进而前，士卒多耗，无尺寸之功，乃反数上书直言诽谤我所为，以不得罢归为太子，日夜怨望。扶苏为人子不孝，其赐剑以自裁！

"将军恬与扶苏居外，不匡正，宜知其谋。为人臣不忠，其赐死！"[2]

诏书中的言语透露出冰冷的杀意。他最敬重的父亲，竟厌恶他至此。

扶苏接过宝剑，缓缓走进屋内，他脑海中不断响起昔日与父亲吵架的声音，原来那些自以为据理力争的画面，早已暗中加快了自己死亡的步伐。

"公子不可！"蒙恬冲过来阻拦，却被左右侍从按倒在地，"陛下居外，未立太子，派臣率三十万将士戍边，又让公子您来监军，这是天下重任啊！臣认为此事蹊跷，不如向陛下请示……"

"大胆！你敢怀疑御诏？！"使者厉声打断蒙恬。

在扶苏最后的视线里，那使者视线冰冷，催促他："陛下命公子自裁，快点吧。"

原来自始至终，父皇都不曾爱过自己。扶苏举剑望向蒙恬，笑中含泪："既然父亲命令儿子自杀，还需要请示什么呢？"

蒙恬眼前溅出惊心的血色。那个孩子，不曾怀疑过诏书真假，蒙恬甚至来不及将那些话说出口："倘若他不爱你，他怎能容忍你一次又一次当众触怒他？倘若他不爱你，他怎能在你出生时为你取名扶苏？！"

1　出自《史记·秦始皇本纪》。
2　出自《史记·李斯传》。

山有扶苏，隰有荷华。[1]

——"这孩子，便起名扶苏吧。"

高乃与公子胡亥、丞相斯阴谋破去始皇所封书赐公子扶苏者，而更诈为丞相斯受始皇遗诏沙丘，立子胡亥为太子。更为书赐公子扶苏、蒙恬，数以罪，其赐死。[2]

扶苏受骗自裁后，胡亥、赵高、李斯三人连忙带着死去的秦皇回咸阳。因酷暑炎热，秦皇尸身在马车里发出气味，他们便买了许多腥臭的腌鱼装在车上，掩人耳目，顺利回城。

刘彻茂陵多滞骨，嬴政梓棺费鲍鱼。[3]

胡亥继位后，将始皇葬于骊山陵，强迫没有子女的妃嫔统统殉葬，他又唯恐修陵匠人监守自盗，遂下令将墓门放下，活活困死了他们。[4]

后来，只知享乐的胡亥成了赵高的傀儡，在奸臣操控下，害死无数人。蒙恬被囚后遇害，李斯被腰斩……就连同为皇族的兄弟姐妹也被胡亥处以极刑，死状凄惨。

秦二世将暴政推到了极致，五百年漫长的奋斗史，就这样在挥霍中毁于一旦，民间怨声如乌云般聚拢，他却浑然不觉，仍然扬扬得意："人这辈子就像白驹过隙，既然我做了皇帝，就该尽情享乐，赵卿你看呢？"[5]

五百年前，嬴姓一族曾经从最卑微的平民阶层缓缓走出，不畏风霜压迫，坚韧地开创了伟大的基业；五百年后，秦二世彻底忘记了祖先经受过的磨难，只想过骄奢淫逸的生活，以压榨那些卑贱的百姓为乐。

1　出自《国风·郑风·山有扶苏》。

2　出自《史记·秦始皇本纪》。

3　李贺《苦昼短》。

4　《史记》："皆令从死，死者甚众。葬既已下，或言工匠为机，臧皆知之，臧重即泄。大事毕，已臧，闭中羡，下外羡门，尽闭工匠臧者，无复出者。树草木以象山。"

5　《资治通鉴·秦纪》："二世至咸阳，谓赵高曰：'夫人生居世间也，譬犹骋六骥过决隙也。吾既已临天下矣，欲悉耳目之所好，穷心志之所乐，以终吾年寿，可乎？'"

天下之人，不敢言而敢怒。[1]

秦二世元年，一队九百人的戍卒因连日暴雨被困在大泽乡，想到失期的种种惩罚，其中两名屯长愤而揭竿造反，喊出那句响彻云霄的口号——"王侯将相，宁有种乎！"[2]

自陈胜吴广起义之后，各地遗民如星火般被点燃，发展成不可阻挡之势，大火一直烧向歌舞升平的咸阳宫，大秦王朝也开始了滑向灭亡的倒计时。两年后，刘邦项羽率军逼近关中，胡亥被迫自尽，不久后，奸臣赵高被子婴所杀。

待楚霸王攻入秦都，他立刻杀了仅继位四十六天的子婴，以一把复仇大火烧尽了咸阳宫室。站在火海前，项羽仿佛听见楚人的累累亡魂，就在这场穿透史书的烈火中嘶吼。

公元前 207 年，秦亡。

五百年的宏图霸业，五百年的家族野心，在短短十四年间烟消云散。但或许这一切，在故事的最初便指向了结局，那年民间人声鼎沸，当秦始皇的仪仗队浩浩荡荡走过，人群中曾有一个痞子、一个孩子同时喊出了响亮的梦想。

"哎呀，大丈夫当如此！"[3]

"彼可取而代之！"[4]

痞子叫刘邦，孩子叫项羽。

嗟乎，一人之心，千万人之心也。[5]

时代的车轮轰隆隆前进，终究由人民的力量向前推动。

秦朝就这样落了幕。

它既短暂又漫长，既古老又辉煌，如同它的缔造者祖龙皇帝，将所有的功过都留给后人评说。项羽的大火自咸阳城焚起，数千个兵马俑仍然在地宫中静默，忠诚

1 杜牧《阿房宫赋》。
2 司马迁《陈涉世家》。
3 《史记·高祖本纪》："高祖常繇咸阳，纵观，观秦皇帝，喟然太息曰：'嗟乎，大丈夫当如此也！'"
4 《史记·项羽本纪》："秦始皇帝游会稽，渡浙江，梁与籍俱观。籍曰：'彼可取而代也。'"
5 杜牧《阿房宫赋》。

地守护着长生的愿望。它们被马蹄尘埃匆匆掩埋，不知有汉，无论魏晋[1]。

　　无数个日头升起，无数个日头落下，只有泥俑身上还残留着秦军高唱"岂曰无衣"的旧迹。两千年后一次偶然，人们发现了陪葬坑的秘密，一锄，两锄……那束迟来千年的光，终于照耀在无数完好或残缺的甲胄上。

　　在破土瞬间带来的震撼，隐隐烁出一抹秦皇的影子；自历史深处推开的门缝，匆匆瞥见一眼未曾褪去颜色的永恒。到这时，人们终于站在岁月尽头，从卑微的工匠们刻下的名字中，从无名的陶工们印下的指纹里，发现了秦俑们所守护的意义——

　　有它在，他们就在，历史也在。

　　在这片古老的大地上，那些痕迹，那些辉煌，原来它们从未真正熄灭过。

1　陶渊明《桃花源记》。

LI SHI DE
YI HAN

文

拂罗

若问古今兴废事

请君只看洛阳城

安史之乱

A N S H I Z H I L U A N

杨玉环时常会想，倘若自己当初没有入宫，如今的日子该是如何一番光景。

或许她仍会在春日融融的王府与珺郎荡秋千，做那个无忧无虑的寿王妃；又或许她会回洛阳城探亲，穿起窄袖短衫的胡服，骑着马欣赏满城怒放的牡丹花……幻想里的春光永远都是那么美，美得刺眼，遥不可及。

近来，她总是做同一个怪梦。

她梦见盛唐在多年后猝然凋零，好似屏风上褪色的旧牡丹刺绣，花影尚在，颜色已暗。

这大唐一次又一次经历战火、饥荒、萧条……梦中的她提起长长的石榴彩裙，裙摆飞扬，快步奔跑，径自逃往长安的街坊："阿娘！阿耶！三叔！"

唐人眼里如花般端庄的贵妃娘娘，仿佛又变回了童年那个敢跑敢跳的蜀川妹子，不顾遗珥堕簪，也不顾云髻垂散。不知跑了多久，每次在梦的尽头，她都看见寺庙里站着三个文人，正聊起唐玄宗与杨贵妃身处的年代，唏嘘感慨。

"安史之乱年间的故事，倘若无人用大手笔加以润色，恐怕会消失在岁月中啊！不妨由白乐天写长诗一首，由陈大亮写传记一篇，相辅相成，以传后人，如何？"

"甚好，甚好。"

"质夫兄，我这诗写完了，既是追忆大唐往事，你说……该起什么诗名才好呢？"

脑海中莫名浮出一幕幕乱世片段，杨玉环微微发怔，她朝着那位白居易迈步，可每每不等她走近，梦就戛然而止了。

她在软帐内缓缓睁眼，锦笼里那只雪白的鹦鹉蹦来跳去，叫着："娘娘醒了！娘娘醒了！"

她便将夜梦抛到脑后，抬起指尖逗弄宠物鸟儿，玉嗓慵懒："雪衣娘，你别吵。"

当宫女们低眉为娘娘梳妆时，她看清铜镜中人那牡丹花一样的面容，鬓发腻理，华肤雪艳，雍容华贵得好似这盛唐的一抹象征。

杨家女

汉皇重色思倾国，御宇多年求不得。杨家有女初长成，养在深闺人未识……[1]

这天下人都几乎忘了，宛若云端之上的贵妃娘娘，也曾是在蜀州肆意玩闹的小姑娘。

弘农杨氏曾是响当当的高门之家，祖先杨汪乃是隋朝上柱国，可惜唐初时期家族没落，她的父亲杨玄琰只当了个蜀州司户，却对孩子们十分慈爱。在杨玉环的幼年记忆里，她有三个姐姐和一个哥哥，他们都亲昵地唤她"玉奴"。

奴，在大唐是漂亮可爱的意思。

小玉奴最爱与哥哥姐姐们玩捉迷藏，藏在花下，躲在树上，看大家急得团团转："玉奴，玉奴，你在哪儿啊——"

她在蜀州度过了大半个童年，这里处处都挂着云霞似的漂亮织锦，新雨后还有红彤彤的甜荔枝可吃。杨玉环长到十岁，父母逝世，她被送到洛阳城的三叔杨玄璬家寄养，从此在东都开始了天真烂漫的少女时代。[2]

杨玄璬是七品下的小官，但他给侄女争取到了最优越的教育环境：琴、棋、书、画……杨家少女渐渐长大，她的才貌传遍洛阳城，乃至引来陛下的第十八子寿王李瑁的爱慕。

寿王是咸宜公主的胞弟，那年公主在洛阳大婚，十六岁的杨玉环应邀赴宴，与寿王在婚宴相遇。年轻的李瑁对杨玉环一见钟情，同年两人便定下了婚姻之事，由李隆基下诏册立杨玉环为寿王妃。

红烛花轿里的融融记忆，少女时节的羞涩脸红，多年后的杨贵妃早就记不清晰。她人生里的一切经历似乎都来得太快太快，来不及等她想清楚，便已经步入了偌大

1　白居易《长恨歌》。

2　《旧唐书》："玄宗杨贵妃，高祖令本，金州刺史。父玄琰，蜀州司户。妃早孤，养于叔父河南府士曹玄璬。"

的王府，成了枕边人的新娘子。

好在珺郎与她琴瑟和鸣，度过了几年快乐的好时光。她在王府最爱荡秋千，小侍女们推着她荡得高高的，往往吓得旁观者心惊胆战，她却咯咯地笑："如果我是一只鸟的话，岂不就能飞起来啦？"

"玉奴想飞到哪里去？"李珺无奈笑问。

"我呀，想飞到天上当仙子去——"

但梦中那首诗的最后一句，究竟是什么意思呢？

在少女娇嫩如露水的生命中，鲜花与赞赏唾手可得。如果不出意外的话，她会快快乐乐地做一辈子寿王妃，倘若珺郎有机会当皇上，她就会是堂堂正正的大唐皇后。

不过，杨玉环从未想象过自己母仪天下的模样。李唐夺权之争每一代都无比残忍，而她与珺郎都是毫无野心的人。

此时，天子李隆基已经年过五十，杨玉环曾听珺郎痛心地说过，他的父皇年轻时有多么励精图治，晚年时又有多么颓废怠政。

李隆基是唐睿宗李旦的第三子，也称"三郎"，他诞生在他的祖母武则天掌权时期。为了打压李唐宗室，李隆基的生母窦德妃被早早地秘密杀害，九岁的李隆基活在软禁之下，对政斗耳濡目染，渐渐养成了杀伐果断的性子。

待到武则天驾崩，懦弱的唐中宗李显继位后暴毙，其妻韦皇后想要夺权，但被李隆基联合姑姑太平公主一同诛杀。

当夜，二十五岁的青年李隆基率领名为"万骑"的禁军，与人里应外合攻入内宫，诛杀韦后之后，放声下令："全城搜捕韦家人及其党羽，但凡高于马鞭之人，皆处死！"

经这次唐隆政变[1]后，李隆基被唐睿宗立为太子，与昔日的盟友太平公主愈发水火不容。唐睿宗并不贪恋皇位，仅仅两年后就将皇位传给了李隆基，使太平公主劝哥哥废太子的计划落空，不久后她便被李隆基赐死。[2]

---

1 《资治通鉴·唐纪》："韦后鸩杀先帝，谋危社稷，今夕当共诛诸韦，马鞭以上皆斩之；立相王以安天下。敢有怀两端助逆党者，罪及三族。"

2 《资治通鉴》："太平公主逃入山寺，三日乃出，赐死于家，公主诸子及党与死者数十人。"

同年，李隆基改年号"开元"，以表明治理天下的决心。

开元数年，他并未违背自己的誓言。

他先后任用宰相姚崇、宋璟、张说、张九龄，每一位都是赫赫有名的贤臣。传说姚崇针对时弊提出了《十事要说》，开门见山地问："臣这十条建议，陛下是否都能做到？倘若做不到，就恕臣不愿接受丞相之命了！"

李隆基不假思索，掷地有声："朕能行之！"[1]

开元二年，为了打击朝廷里的奢靡攀比之风，李隆基还下令将"珠玉锦绣焚于殿前"，对群臣宣布："乘舆服御、金银器玩，宜令有司销毁，以供军国之用！"[2]

大唐在李隆基的治理下迈入盛世。

当时人口达到七千万以上，家家百姓皆有粮吃，就封建王朝而言，这便是天底下最好的时代，杜甫追忆玄宗开元的富足时，曾写下"忆昔开元全盛日，小邑犹藏万家室"[3]之句。

长安城一百零八坊，百千家排布似围棋局，每当晨钟敲响，便有了王维诗中"九天阊阖开宫殿，万国衣冠拜冕旒"[4]的盛唐气派——

高丽、新罗、日本、大食、波斯……七十多个国家的人都汇聚在长安，商人们往来西市吆喝生意，僧侣们进出寺庙虔心取经，形形色色的人们川流不息。因胡汉相融，女子们纷纷"著丈夫衣服靴衫"[5]，穿着英姿飒爽的男装或胡服上街，这些都离不开太平、安乐等公主的引领，唐代女性在盛唐年间抵达了中国古代服饰自由的巅峰。

在大唐当官的胡人更是不计其数。李白因误以为好友溺亡而写过《哭晁卿衡》，这位"晁衡"正是本名为阿倍仲麻吕的日本遣唐使，传说此人后来活到了七十二岁，因留恋大唐不肯归乡，最后葬在他深爱的长安。

1　《新唐书》："帝曰：'朕能行之。'崇乃顿首谢。翌日，拜兵部尚书、同中书门下三品。"

2　出自《资治通鉴》。

3　杜甫《忆昔》。

4　王维《和贾舍人早朝大明宫之作》。

5　《旧唐书·舆服志》："开元初，从驾宫人骑马者，皆著胡帽，靓妆露面，无复障蔽。士庶之家，又相仿效，帷帽之制，绝不行用。俄又露髻驰骋，或有著丈夫衣服靴衫。"

包容，富足，豪放。

盛唐开元，这是一个民族文化与武力的自信巅峰，它带着大国独有的不怒自威。这里不仅是诗坛日月诞生的璀璨年代，更是胡旋舞与绿腰舞同台登场的年代，年轻蓬勃的生命都自发汇聚一堂，所有浓烈的颜色都挥毫洒在纸上。

"来来来！同朕一起击鼓！诸卿同乐！天下同乐！"

就这样欢腾了许多年后，在杨玉环与寿王大婚之际，开元迈入了最后六年的倒计时。

帝王老去，意气不复，李隆基沉迷于早年开创盛世的得意，以为江山能够永远稳固。传说双鬓斑白的帝王进入内殿，偶然发现屏风上的《无逸图》已旧。

这画是宋璟所赠，意在勉励天子，年轻的李隆基曾命人将它挂在此处，以此自勉。

"这画儿朽了，"李隆基拄着拐杖，收回视线，"换成山水画吧。"

天子初心不再，隐隐预兆着大唐十几年后的动荡。

转眼，杨玉环已满十八岁，宫里传来婆婆武惠妃逝世的消息。

武惠妃是后宫最受宠的妃子，听琩郎说，他的母亲想成为下个武皇。

太子李瑛、鄂王李瑶、光王李琚的生母皆是不受宠的妃子，武惠妃专宠，导致自己母亲被冷落，三位皇子时常聚在一起喝酒抱怨。武惠妃哭着告了一状："陛下，太子结党营私，想要谋害我们母子！"

此事立刻触及了天子内心的阴影。

人老了时常追忆往事，李隆基的往事尽是尔虞我诈：幼年丧母、遭遇软禁……他夜夜惊起，得武惠妃柔声相劝才能重新躺下。如今听她哭诉，李隆基勃然大怒，想废太子，被张九龄苦劝才作罢。

待直言进谏的张九龄被罢官，口蜜腹剑的李林甫上位，武惠妃再次状告三王"潜构异谋"。李隆基召丞相商量此事，李林甫望着陛下恼火的神情，附和道："此盖陛下家事，臣不合参知。"[1]

1　《旧唐书》："杨洄又谮太子瑛、鄂王瑶、光王琚，云与太子妃兄驸马薛锈潜构异谋，上召宰相谋之。李林甫对曰：'陛下家事，非臣等所宜豫。'上意乃决。"

李隆基下旨："今日之内把他们废为庶人，赐死！"

皇帝杀子，天下惊惧。但武惠妃还没来得及扶持儿子当太子，同年十二月，她如摧折的罂粟花般猝然病逝，子凭母贵的李瑁也渐渐失去了父皇的偏爱。

据高力士等人"推长而立"的劝谏，李隆基将三子李亨立为太子。办完丧事后，他极度思念武惠妃，茶饭不思，终日郁郁。

有人进言："圣人无须悲伤，听说杨家小女儿玉奴姿质天挺，宜充掖廷……"[1]

杨太真

承欢侍宴无闲暇，春从春游夜专夜。后宫佳丽三千人，三千宠爱在一身……[2]

长安来使，命寿王妃入宫觐见。

那场"一日杀三子"的阴影尚未过去，没人敢反抗李隆基的命令，杨玉环与瑁郎挥泪泣别，第一次走进巍峨的大明宫。她看见漫长的帝王生涯把李隆基磨成了一位沉郁老者，在他眼底倒映中，款款走来的杨玉环如同一朵大唐的盛世富贵花。

他要让她长伴于自己身侧。他问了宫人，问了道士，却唯独不在乎她的想法。

三年后，打着为窦太后祈福的名义，天子下敕书命令寿王离婚，王妃出家为道士，道号"太真"，从此她与瑁郎再无任何关系，在道观一住就是五年。道门清寒，道袍朴素，而她却是背负着天子情人的身份来到此地，免不得被指点议论，日子过久了，竟也成了习惯。

向后望是再回不去的少时春光，向前看是迷雾一般的未卜命运。或许她会永远留在这道观，做个被唾骂的道姑，又或许她会被圣人接入宫中，当个被深囚宫院的妃子。

1　《新唐书》："开元二十四年，武惠妃薨，后廷无当帝意者。或言妃姿质天挺，宜充掖廷，遂召内禁中，异之，即为自出妃意者，丐籍女官，号'太真'，更为寿王聘韦昭训女，而太真得幸。"
2　白居易《长恨歌》。

不论哪种，都让她感到深深的悲哀。

杨玉环隐隐预感到，身不由己的无奈将贯穿自己接下来的整个人生。

五年后，曾经活泼少女脸颊上的娇憨与快乐，统统变成了波澜不惊，她已准备好接受命运的所有安排。

天宝四年，李隆基将杨玉环接入宫中，而她不经意间听说，珺郎已被安排另娶了韦昭训的女儿。

从前种种，如朝阳，如露水，当真是前尘往事了。

当杨玉环微笑着朝君王走去时，她已注定成为世人口中的杨贵妃，从此开启了十几年的盛宠。

她将会是一朵被绣在屏风的牡丹花，让陛下和世人都认为她该是盛唐的象征。云鬟花颜金步摇，芙蓉帐暖度春宵，圣人曾亲谱《霓裳羽衣曲》，将金钗轻轻别在她的鬓发上，笑说："朕得杨贵妃，如得至宝！"

而她也不负圣人厚爱，将他谱写的曲子改编成了舞蹈，冬雪飘摇锦袍暖，春风荡漾霓裳翻，他们一起养的白鹦鹉名叫"雪衣娘"，每逢贵妃起舞，圣人奏乐，雪衣娘便跟着翩翩起舞，逗得满堂笑声。

有时他们下棋，倘若战局对圣人不利，宦官偷偷唤声"雪衣娘"，调皮的白鹦鹉就飞上棋盘，振翼拍翅，打翻棋子。

"哎呀，雪衣娘真顽皮……"她掩唇笑，"三郎不会责怪它吧？"

"玉奴啊玉奴，你还不了解朕吗？"圣人哈哈大笑，"再下一盘就是！"

听说，早在她入宫两年前，李太白奉诏入翰林院，圣人命他作诗，于是李白醉里挥毫写下《清平调》："云想衣裳花想容，春风拂槛露华浓。若非群玉山头见，会向瑶台月下逢……"

后来，这件事成了众说纷纭的唐宫谜团，有人说她的确曾见过诗仙，也有人说他们根本不曾见过。不论如何，诗仙的诗终究到了她手中，使她回想起很久以前的那幕往事。

秋千荡得高高的，杨家少女裙袂飞扬："我呀，想飞到天上当仙子去——"

入宫多年来，她再也没有荡过秋千了。

杨贵妃

玄宗年年派出"花鸟使"到各地寻访美女，民间妻离女散，哭声不止。[1]

中唐诗人元稹曾写"良人顾妾心死别，小女呼爷血垂泪"[2]，年轻女子们被送进宫，少数人通过争宠成为妃嫔，多数人以低微宫女的身份落寞垂老。

在目睹张云容跳舞之前，杨贵妃几乎忘了自己曾经的模样。张云容是她身边新来的小侍女，曾当着圣人的面表演霓裳羽衣舞，舞姿精妙，如轻云柳枝，令人倾倒。

圣人拊掌大笑，称赞不已："玉奴，你看这云容的舞姿，与你实在像极了！你不妨为她写一首诗？"

杨贵妃微笑点头，落笔已成：

罗袖动香香不已，红蕖袅袅秋烟里。轻云岭上乍摇风，嫩柳池塘初拂水。[3]

瞧着自己刚写好的诗，她提笔愣了许久。

在圣人眼里，美人们不过都是他搜集的百花，可张云容跳舞时的身影是那般轻盈，腰肢之间的生命力是那般鲜活。她几乎快要忘了，那些低眉顺眼的宫女，那些貌美如花的舞女……她们也都是活着的生命，不是君王身侧的花儿。

这深宫就像充满欲望的巨口，被送进去的明明都是鲜活少女，被吐出来的却都成了花儿，围绕着圣人争奇斗艳。她知道那绝不是爱情，可她却又不得不"爱着"他，否则寂寂花时闭院门，几千个置身锦笼的长夜，要如何清醒着熬过去？

她不会飞。

宫门太远，她飞不出。

数日后，雪衣娘在空中被鹰啄死了，那只伶俐的白鹦鹉拍着翅膀，奋力朝殿廷之外的晴空高飞，突然遭遇猎鹰袭击，顷刻间便丧命于鹰爪之下。她跪地捧起鸟尸，

1　《新唐书》："时帝岁遣使采择天下姝好，内之后宫，号'花鸟使'。"

2　元稹《和李校书新题乐府十二首·上阳白发人》。

3　杨玉环《赠张云容舞》。

第一次在这重重宫闱中放声大哭，圣人亦悲痛不已，下令将它葬于御苑，称为"鹦鹉冢"。

这年，距离安史之乱仅剩四年，那诗的预言不断出现在贵妃的梦里。

她在华清池的寝殿其实从来不叫长生殿，而是叫飞霜殿。

飞霜飞霜，日出即融。

祸 水

渔阳鼙鼓动地来，惊破霓裳羽衣曲。九重城阙烟尘生，千乘万骑西南行……[1]

李林甫病逝后，丞相换成了杨国忠，一个嗜酒好赌的无赖，因讨贵妃姐姐虢国夫人的欢心，从此平步青云。杨贵妃其实不认识杨国忠，此人与她的亲戚关系实在勉强，只不过百年前曾有同个杨氏祖先而已。

奸相杨国忠欺上瞒下，为了立功两次发兵攻打南诏，唐军全军覆没，他却"掩其败状，仍叙其战功"[2]，导致南诏叛唐，边关紧张。

李林甫已死，他最大的政敌成了安禄山。安禄山是突厥混血，曾在互市当牙郎，练就一身奉承的好本事，后来得到范阳节度使张守珪欣赏，收为义子，走上仕途[3]。经过行贿，安禄山节节攀升，竟在开元末年得到了面圣的机会。

这人大腹便便，腹垂过膝，"每行以肩膊左右抬挽其身，方能移步"，但跳起胡旋舞竟"疾如风焉"，加上平时滑稽憨厚的性格，逗得李隆基捧腹大笑，甚至命他当平卢、范阳、河东的节度使。

此时的天宝盛唐早就成了被蛀满虫洞的绣金屏风，只待有风吹来，即刻轰然倒地。

1　白居易《长恨歌》。

2　出自《资治通鉴·唐纪》。

3　《旧唐书》："守珪见其肥白，壮其言而释之。令与乡人史思明同捉生，行必克获，拔为偏将……以骁勇闻，遂养为子。"

安史之乱

何谓管辖藩镇的节度使？

唐初实行"府兵制"，战时为兵，和时是农，可以同时保证生产和兵力，但由于唐朝人口暴涨、豪强掠夺土地等原因，均田制被破坏，农民们无田可种，为了逃兵役纷纷流亡。朝廷只好改为"募兵制"，却为日后的乱局埋下了巨大的隐患。

募兵，即招募长期在军营训练的职业军人，虽然能保障战斗力，却极易滋生"士兵只听将令，不听皇命"的风气，导致各地将领拥兵自重，中央与边防兵力失去平衡，变得内轻外重。

藩镇又称方镇，为了抵御外族入侵而设立，唐睿宗时期设"节度使"，起初只掌管军事，到唐玄宗时期变成集财政、民生、土地为一体的藩镇长官。

三镇节度使安禄山总辖士兵十五万，朝廷中央却仅有八万兵力。久而久之，他盯紧歌舞升平的大唐，愈发想将它攥入掌中。

"圣人，依我看，这安禄山就是要造反啊！"杨国忠屡次出言。[1]

杨国忠自然不是为了国家着想，而是因为他与安禄山之间矛盾激化，想趁机扳倒对方。眼看他对皇帝煽风点火，安禄山唯恐夜长梦多，干脆露出了獠牙。

"不好啦！安禄山在范阳造反了！还打着讨伐奸臣杨国忠的名号！"

天宝十四年，十一月大雪纷飞，安禄山与史思明率大军日行六十里，仅一个月就渡过了黄河[2]。天下和平太久，官员或逃或降，叛军次年就攻占了东都洛阳，安禄山"见宫阙尊雄，锐情僭号"[3]，竟在此称帝，国号大燕。

此时朝廷虽筹了二十万兵，却都是临时拼凑起来的，缺乏战斗力，哥舒翰决定防守长安城的门户潼关。不料李隆基慌了阵脚，在杨国忠怂恿下，他接连派出宦官催哥舒翰出兵。

"贼人就快来了！为何迟迟不战？！"

---

1 《旧唐书》："时安禄山恩宠特深，总握兵柄，国忠知其跋扈，终不出其下，将图之，屡于上前言其悖逆之状，上不之信。"

2 《旧唐书》："十一月，反于范阳，矫称奉恩命以兵讨逆贼杨国忠。以诸蕃马步十五万，夜半行，平明食，日六十里。"

3 出自《新唐书》。

封常清与高仙芝刚刚因退守潼关被下令斩首，哥舒翰不敢不战，老将含泪仰天长叹，率兵迎着寒光闪烁的叛军而去。

不久后，唐军全军覆没，哥舒翰被俘。

"圣人，咱们快逃吧！"杨国忠惊慌不已。

李隆基的视线缓缓投向远方，遥想安禄山势不可当，他咬咬牙："逃！"

天宝十五年六月，趁长安城沦陷之前，年过七十的李隆基撇下百官，带上皇子公主妃嫔，于十三日凌晨在数千禁军的护送下，偷偷打开禁苑西门，一路朝着城外逃去。[1]

天深似海，夜凉如冰，当杨贵妃被宫人们搀上马，随着队伍朝皇宫外出发的时候，一切情景恰与梦中相同。

翠华摇摇行复止，西出都门百余里。六军不发无奈何，宛转蛾眉马前死……[2]

十四日，御驾行至马嵬驿歇息时，随行将士们早已疲惫不堪，他们对杨国忠的熊熊怒火达到巅峰，山呼海啸喊着："杀奸相！杀奸相！"龙武大将军陈玄礼率先站出，带领哗变的禁军们齐齐放箭。

"国忠之徒，可置之于法！"[3]

箭雨直下，杨国忠大惊失色，慌忙骑马逃命，逃到马嵬驿西门被砍死。禁军紧接着又杀了杨国忠之子杨暄，御史大夫魏方进破口大骂："汝曹何敢害宰相！"话未说完，人已被乱刀斩杀。

外面的喧哗惊动了驿内的天子，李隆基走出来宽慰众人，见三军不为所动，他赶紧派高力士问："你们还有何要求？"

禁军齐声答："贼本尚在！"[4]

---

1 《旧唐书》："哥舒翰至潼关，为其帐下火拔归仁以左右数十骑执之降贼，关门不守，京师大骇，河东、华阴、上洛等郡皆委城而走。甲午，将谋幸蜀，乃下诏亲征，仗下，从士庶恐骇，奔走于路。"

2 白居易《长恨歌》。

3 出自《旧唐书》。

4 《旧唐书·杨贵妃传》："及潼关失守，从幸至马嵬，禁军大将陈玄礼密启太子，诛国忠父子。既而四军不散，玄宗遣力士宣问，对曰'贼本尚在'，盖指贵妃也。"

陈玄礼上前叩头："国忠谋反，贵妃不宜供奉，愿陛下割恩正法！"

在他的身后，禁军齐齐怒喝："贵妃误国，贵妃误国——"

面临王朝覆灭的威胁，这些怒视渗入厚厚的史书，凌迟着每一位美人。杨贵妃孤身迎着愤怒的浪潮，她感觉一种无比沉重、压抑、固化的无形枷锁快要将自己压垮。

见帝王不忍，高力士哀声劝道："贵妃诚然无罪，但将士们已杀了杨国忠，贵妃还在陛下左右，他们怎能安心呢！愿陛下审思之，将士安则陛下安啊！"

将士安，则陛下安。

这句话瞬间点燃了李隆基的保命之心，他下定决心，慢慢朝她转身："玉奴啊，对不住了……"

杨玉环

高力士忙着在佛堂为她挂起白绫，而她静静站在旁边，目睹死亡将近。

她想，她终于明白那诗的最后一句是什么意思了。

"娘娘，上凳吧。"高力士哀声叮嘱，"千万莫挣扎，这样更痛苦……"

慢慢踩上小凳的那一刹，许多事纷纷在她眼前流转。她又看见国泰民安的盛唐，她又看见郁郁葱葱的蜀川，犹记那年春光美得耀眼，她想骑马看遍洛阳城的牡丹，想乘秋千飞到天上去做仙子。

春光里，秋千咯吱晃呀晃，高高带着她一次次离开地面，小侍女们惊呼着"王妃""玉娘"，她却咯咯地笑个不停。

"娘娘，得罪了！"

当白绫慢慢套住她的脖子，当高力士咬牙踢开她的凳子，她竟久违地感受到自由与喜悦；当她的双脚再也不受人间束缚，当高力士一声声哭唤"娘娘"，她恍惚间听到另一个声音，深深呼唤着她——

飞吧，娘娘。

快飞吧。

飞到天上去，你就不再是大唐的杨贵妃，不是无名的杨家女，也不是史书里的杨氏。

你是杨玉环，独一无二的杨玉环。

与妃诏，遂缢死于佛室，时年三十八，瘗于驿西道侧。[1]

马嵬坡下，月坠花折。

在这场浩劫巨变之中，还有数以百万的人们，如同被乱世风雨砸入泥壤的尘埃，变成了史册里触目惊心的伤亡记载。

年迈的天子尚可奔逃保命，可那些枉死的平民百姓却再也回不去家园。据记载，叛军占长安以后大肆烧杀掳掠，曾经有二百万人口的京畿地带，竟被屠杀得不到一千户人家。

战乱后来整整持续了八年，大半国土在战火中沦陷，满目"人烟断绝，千里萧条"的凄凉景象，正如诗圣杜甫所写下的"三吏三别"。因朝廷北方"既乏军储，又鲜人力"，官吏不断抓壮丁上战场，新兵们与家人一隔永别，只留妻母翘首盼望着亡人魂归。

再遥想不久之前的盛唐岁月，火树银花，佳节繁华，竟恍若隔世一梦中。

李隆基逃到蜀地，得知太子李亨已在灵武登基，自己一夜沦为太上皇。次年郭子仪与李光弼率兵抵抗叛军，安禄山死于内乱，战况发生转变，李隆基这才回到长安，在兴庆宫过起了孤独的晚年生活。

他偷偷派人回到马嵬坡，想挖开当年草草掩埋的旧冢，为贵妃改葬。数日后宦官归来，只带回香囊一枚以及寥寥九字——"肌肤已坏，而香囊仍在。"[2]

宝应元年，七十八岁的玄宗在深宫软禁中去世。

盛世倒悬，大唐一夕间跌落谷底，再没能恢复往日的风光，大唐诗坛的日与月

1　出自《旧唐书·杨贵妃传》。

2　《旧唐书》："乃止。上皇密令中使改葬于他所。初瘗时以紫褥裹之，肌肤已坏，而香囊仍在。"

从此再也没有见过面。

国破山河在，城春草木深。[1]

人间炼狱般的残酷画面深深震动了诗圣，他笔下的词句变得沉郁顿挫。玉华破碎，凤凰哀鸣，杜子美双手震颤地剖出心头血一捧又一捧，只愿求得广厦千万间，大庇天下寒士俱欢颜。

此时此刻，酒醉的诗仙已经纵入江水，去捞那盛世年间的月亮，从开元寻到天宝，再从夜郎寻到白帝。倘若你问他，盛世究竟如何在水中捉得？他必定打个酒嗝儿，哈哈笑答："盛世在我面前眼睁睁被打碎，我怎的不能伸手捉得？！"

从极远的地方隐隐传来声音，且哭且诵《祭侄文稿》，那是战火中痛失至亲的颜真卿。颜氏一门铁骨铮铮，因不愿投降逆贼而被处以极刑，死于刀锯者三十余人。安史之乱爆发的第三年，经过几番波折，颜真卿勉强找齐几具亲人的尸骨，面对十多岁的小侄子颜季明的遗骨，他震悼心颜，撕心裂肺，写下此文——

"尔既归止，爰开土门。土门既开，凶威大蹙。贼臣不救，孤城围逼，父陷子死，巢倾卵覆。天不悔祸，谁为荼毒……"

自从唐玄宗开辟了唐皇出逃的先例，大唐后来"京城六陷，天子九迁"，山河反复沦落于战火之中。三十年后，藩将李希烈反叛，年近八十的颜真卿拒绝投降，终被缢杀，三军闻之，无不恸哭。

盛唐，终究成了后人心中的无限念想，从此大唐诗人们的笔触总是添了些许追忆的凄凉，字字尽是天宝年间留下的创伤。当李、杜的身影在风雨中渐行渐远，长安城里的文人换成了白居易，往事自笔尖变成长诗，他正写完最后一句——

天长地久有时尽，此恨绵绵无绝期。[2]

此恨绵绵，这是白乐天对那位杨贵妃的遗憾，亦是众生对那场安史之乱的长恨。长安城的天边，满月不再，唐人们心中永远缺失了一处向往，只能向着诗里梦里寻觅。

再后来，王朝又度过了漫长的一百多年，最后覆灭于藩镇割据。晚唐年间曾出现过极尽奢靡的颓败之象，人人都打扮得珠光宝气，拼了命想要模仿盛唐里那场春

---

1 杜甫《春望》。

2 白居易《长恨歌》。

光——到底只是失了香味的假花，华丽得奇诡，怪艳到糜烂，成了诗鬼李贺眼中的晚唐印象。

飞光飞光，劝尔一杯酒。吾不识青天高，黄地厚。唯见月寒日暖，来煎人寿。[1]

唐风匆匆吹过，这片土地又经历了许多时代，有时兴起，有时凋敝，再没有一个时代能完全重现那场春日里的盛世辉煌。

一切都结束了。

那夜，当安史之乱成为中唐以前的往事，当开元盛世沦为屏风上褪色的牡丹，冥思苦想的白乐天枕着未定名的书稿沉沉睡去，他竟梦回仙游寺，看见贵妃正款款朝着自己而来——

"你的诗，不妨就叫长恨歌吧，如何？"

安史之乱

---

1 李贺《苦昼短》。

长恨歌

白居易

汉皇重色思倾国，御宇多年求不得。
杨家有女初长成，养在深闺人未识。
天生丽质难自弃，一朝选在君王侧。
回眸一笑百媚生，六宫粉黛无颜色。
春寒赐浴华清池，温泉水滑洗凝脂。
侍儿扶起娇无力，始是新承恩泽时。
云鬓花颜金步摇，芙蓉帐暖度春宵。
春宵苦短日高起，从此君王不早朝。
承欢侍宴无闲暇，春从春游夜专夜。
后宫佳丽三千人，三千宠爱在一身。
金屋妆成娇侍夜，玉楼宴罢醉和春。
姊妹弟兄皆列土，可怜光彩生门户。
遂令天下父母心，不重生男重生女。
骊宫高处入青云，仙乐风飘处处闻。
缓歌慢舞凝丝竹，尽日君王看不足。
渔阳鼙鼓动地来，惊破霓裳羽衣曲。
九重城阙烟尘生，千乘万骑西南行。
翠华摇摇行复止，西出都门百余里。
六军不发无奈何，宛转蛾眉马前死。
花钿委地无人收，翠翘金雀玉搔头。
君王掩面救不得，回看血泪相和流。
黄埃散漫风萧索，云栈萦纡登剑阁。
峨嵋山下少人行，旌旗无光日色薄。
蜀江水碧蜀山青，圣主朝朝暮暮情。
行宫见月伤心色，夜雨闻铃肠断声。
天旋地转回龙驭，到此踌躇不能去。
马嵬坡下泥土中，不见玉颜空死处。
君臣相顾尽沾衣，东望都门信马归。
归来池苑皆依旧，太液芙蓉未央柳。
芙蓉如面柳如眉，对此如何不泪垂？

春风桃李花开日，秋雨梧桐叶落时。
西宫南内多秋草，落叶满阶红不扫。
梨园弟子白发新，椒房阿监青娥老。
夕殿萤飞思悄然，孤灯挑尽未成眠。
迟迟钟鼓初长夜，耿耿星河欲曙天。
鸳鸯瓦冷霜华重，翡翠衾寒谁与共？
悠悠生死别经年，魂魄不曾来入梦。
临邛道士鸿都客，能以精诚致魂魄。
为感君王辗转思，遂教方士殷勤觅。
排空驭气奔如电，升天入地求之遍。
上穷碧落下黄泉，两处茫茫皆不见。
忽闻海上有仙山，山在虚无缥缈间。
楼阁玲珑五云起，其中绰约多仙子。
中有一人字太真，雪肤花貌参差是。
金阙西厢叩玉扃，转教小玉报双成。
闻道汉家天子使，九华帐里梦魂惊。
揽衣推枕起徘徊，珠箔银屏迤逦开。
云鬓半偏新睡觉，花冠不整下堂来。
风吹仙袂飘飘举，犹似霓裳羽衣舞。
玉容寂寞泪阑干，梨花一枝春带雨。
含情凝睇谢君王，一别音容两渺茫。
昭阳殿里恩爱绝，蓬莱宫中日月长。
回头下望人寰处，不见长安见尘雾。
惟将旧物表深情，钿合金钗寄将去。
钗留一股合一扇，钗擘黄金合分钿。
但令心似金钿坚，天上人间会相见。
临别殷勤重寄词，词中有誓两心知。
七月七日长生殿，夜半无人私语时。
在天愿作比翼鸟，在地愿为连理枝。
天长地久有时尽，此恨绵绵无绝期。

珍藏易主知多少

聚散春风何处寻

靖康之变

JING KANG ZHI BIAN

日月流转，很多年以后，当饱经沧桑的清明隔着玻璃望向游客们那一张张好奇的面孔时，他总会想起一千多年前，自己第一次看见宋徽宗的那天。

醒醉喧哗的坊间百姓、翠柳如烟的汴河桥、雕栏玉砌的绿瓦宋宫……那段繁华时光后来被人们称为"北宋末年"。被父亲带着一步步走进宣和殿时，清明再次听到他的低声叮嘱："孩子，你从此留在这儿，一定要把你真正的使命传递给天子……"

真正的使命？

清明刚刚诞生没多久，对人世间的事还是一头雾水，他只记得宣和殿内摆满了珍贵的琳琅宝物，里面站着个身穿皂色道袍的陌生男人，面庞白皙，微有髭须，虽赫然一副道家打扮，却被靡靡之气惯养得略微丰颊。

通传太监用细软的嗓音在门口报："官家，宣和画院翰林待诏张择端求见——"

这位醉心于研究书画的"道君"这才转过身，目光不自觉地被清明吸引，原来他就是皇帝。

"哎呀，这真乃当世罕有……"他围着清明走了几圈，眼神愈发欣赏，口中啧啧称奇，"来人，拿御笔和双龙小印来！"

眼看着皇帝亲笔为清明取了名，张择端这才松了口气，他再朝天子行了个礼，依依不舍地最后瞧一瞧清明，一步步离开宏伟的宣和殿，单薄的身影渐行渐远。

今日之后，无论官家能否读懂他的用心良苦，他恐怕都不能在宣和画院待下去了，今后的岁月太过漫长，不论大宋的结局是什么，想必清明都能见证到最后吧。

果然，那是清明见到父亲的最后一面，多年以后再听到"张择端"这名字时，父亲已成了后世人口中未解的重重谜团。

清明从此被留在赵佶身旁，日日住在气派的宣和殿，见证这位道君皇帝的喜怒哀乐，也渐渐知晓了许多宫廷往事。

赵佶是宋神宗赵顼的第十一个儿子。

传说在他出生前，神宗曾欣赏南唐李后主的画像，再三叹讶后主的俨雅，不久陈皇后就诞下这孩子。赵佶从小过着纸醉金迷的生活，渐渐养成了轻佻的性情，他酷爱书画、骑射、蹴鞠……世人渐渐觉得，小皇子确实神似南唐后主。

这可不是什么吉兆。

不过，按理说，身为第十一个皇子，这皇位无论如何也轮不上他吧？就连少年赵佶本人都这么觉得，他整日只是踢球作画，并不考虑国事，快乐得很。

命运就是这么神奇，赵佶三岁那年，神宗去世，传第六子哲宗为帝，等赵佶长到十八岁时，年仅二十五岁的宋哲宗居然日渐病弱，未留子嗣就撒手人寰了。向太后一锤定音："神宗的儿子皆无庶子，赵佖又有眼疾，以哀家看，就立哲宗的弟弟赵佶吧！"[1]

千里江山轻易落在了少年天子手中，他有点惊喜，也有点惶恐，眼睁睁看着宫人垂目为自己穿好龙袍的那一刻，赵佶并未感受到这份天命的沉重，而是转头问他们："从此以后，朕是不是能尽情收藏古玩，开办画院了？"

这注定成为二十多年后那场"靖康耻"的伏笔，十八岁的天子接手的是一个表面上繁华无比的朝代，他甚至无法想象这大好河山一夕间被摧毁的模样。

就在赵佶登基不久后，新旧党争执激烈，他毫不犹豫地将新党全都逐出朝堂，并迅速提拔善于阿谀的蔡京为相，自己过起了悠闲自在的帝王生活。

蔡京是什么人？

此人本是墙头草，在王安石变法时期拥护王公，变法势弱时又立刻站在其对立面。徽宗年间，蔡京以一手豪健畅逸的书法讨得天子欢心，步步高升。

有次赵佶办宴会，想用库里名贵的玉杯，又怕被世人议论奢侈，蔡京进言："陛下当享天下之奉，区区玉器，何足计哉！"[2]

这番话可谓说到了赵佶心里去，君臣二人从此抚琴吟诗，搜刮字画。蔡京更是肆无忌惮地大兴土木，买卖官职，惹得北宋末年民间怨声载道。

远在皇城的赵佶并不在意这些，他只想当个醉心艺术的文人皇帝，正如他的签名花押那样，做个"天下一人"。

因为信仰道教，他自称"教主道君皇帝"，整日身披道袍头戴道冠，倾国库之力

1　《宋史·徽宗本纪》："知枢密院曾布曰：'章惇未尝与臣等商议，如皇太后圣谕极当。'尚书左丞蔡卞、中书门下侍郎许将相继曰：'合依圣旨。'皇太后又曰：'先帝尝言，端王有福寿，且仁孝，不同诸王。'于是惇为之默然。乃召端王入，即皇帝位，皇太后权同处分军国事。"

2　出自《宋史·蔡京传》。

兴修道观。在道士建议下，为了修建园林宫殿，他命人广罗奇花奇石，用船运到汴京城，每十只船为一"纲"，这些船队因此也被称为"花石纲"。

因为酷爱绘画，他亲自开设"宣和画院"，选拔有天赋的画匠入院培养。赵佶甚至还会放下帝王架子，以画院院长的身份，亲自传授他们绘画技巧，如王希孟、张择端等人都曾在院中供职。

不仅如此，赵佶还痴醉于"兔毫连盏烹云液"[1]的茶艺，自创了"断金割玉"的瘦金体……在靖康之乱隐隐欲来以前，北宋艺术达到了最高峰。

他最爱追忆《瑞鹤图》的故事。赵佶三十岁那年的元宵节，城内灯烛数十万盏，臣民们尽情狂欢，生性爱热闹的赵佶自然也不会缺席。"御座临轩，宣万姓，先到门下者，犹得瞻见天表"[2]，可谓与民同乐，玩到夜半方歇。

传说元宵次夜，忽有祥云拂郁，低映端门，众人跑过去仰视，倏见群鹤飞鸣于空中，不禁惊呼："官家，官家，此乃祥瑞吉兆啊！"

于是赵佶即刻挥笔，画下那幅流传千年的《瑞鹤图》，画中景象，恰恰构成了天子眼中的盛世祥瑞图。

可盛世，当真是盛世吗？

当年清明神智初开，父亲曾领着清明仔细观察过民间百态，汴河之上赫然一副热热闹闹的样子：酒肆、茶坊、店铺、庙宇……往来期间的人川流不息。正当清明沉浸在京城的繁华时，父亲眼中却饱含深深的忧虑，望向那些不曾被赵佶留意到的角落。

在那里——

汴京人口百万，街坊由砖木构成，时常发生火灾，因而每个坊均设望火楼，上有潜火兵观测火警。可如今望火楼居然无人驻守，就连楼下军营都被改成了饭馆。

城墙附近连一处像样的城垛都没有，守兵不知去了哪儿；在街上，车夫们正将旧党官员们的书籍扔上车，奉命送往郊外销毁。

---

1 赵佶《宫词》。
2 孟元老《东京梦华录》。

“吹吹！”

两辆马车急速驶来，横冲直撞，路人们甚至来不及躲闪，一路惊喊声连连，看似繁华的街坊霎时乱作一团。就在清明惊魂甫定时，他又听见城门口传来愤怒的争执声。

“现在就这个税价，你们不交，就甭想进城！”税务官指向麻包，不耐烦地开口。

“岂有此理！税收这么高，俺们还咋活？！”货主们怒嚷，与官兵吵成一团，惊得城楼上的更夫频频往下张望。

清明茫然望向父亲。

“士兵懈怠，疏于防守，街道混乱，冗税冗官……”父亲将手中画笔微顿，遥指前方，眼含热泪，“大宋就快要病入膏肓了，药方就藏在你身上，你一定要把它传达给天子啊！”

转眼，清明在皇宫里待了好几年。宣和殿已经改名为“保和殿”了，专门用来收藏字画。

如今正是宣和二年，赵佶登基的第二十个年头，宋辽关系变得很紧张，但天子仍然日日往保和殿跑，醉心于他的珍贵字画、古玉印玺、鼎彝礼器……一赏玩便是一整日。

“河北剧贼宋江叛乱？派官兵去镇压不就好了？去去去，朕正忙呢。”

“哎呀，这山水这用色，真乃绝世之精妙，不愧是从朕的宣和画院出来的才子所作……”

每逢此刻，清明就会在殿里静静地看着赵佶，希望这位沉迷享乐的天子能再瞥自己一眼，哪怕一眼就好……只要陛下能留意到自己，父亲的嘱托就算是没有白费吧？

但赵佶从未再留意这边。

长夜漫漫，宫灯昏暗，帝王仍彻夜醉心于他的书画，对臣子们呈上的折子也漠不关心，即使那上面处处都写着“叛乱”“外敌”之类的字眼。

“对了，赵良嗣从金国回来了没有？”若说赵佶此刻唯一关心的大事，便是不久前他为了消灭辽国，草率派人签订的"海上之盟"。

宋辽之间有何纠葛？

自宋朝建立起，宋人就面临着异族的虎视眈眈：西有党项人建立的西夏，北有契丹人建立的辽国……赵匡胤和赵光义兄弟都曾想一扫北方，收复沦入辽国手中的"燕云十六州"，却不料屡战屡败，使得宋军军中甚至传出"辽兵恐怖不可战胜"的传言。

战争持续了二十多年，到第三位皇帝真宗继位，他以每年赠辽岁币十万两银、绢二十万匹的价格签下了"澶渊之盟"，从此两国百年间再未发生过大型战争。

庆历二年，宋朝又增银绢各十万，并改"赠"为"纳"。这一字的悬殊可谓天差地别，"纳"意味着小国向大国每年称臣纳贡。

北宋凭着发达的贸易水平，一次又一次花钱买和平，极力避免战争，却也给贪婪的外族造成了软弱可欺的印象。

但不论如何，北宋繁盛还是达到了极致。于是，后人回忆的东京梦华中，多了"太平宰相"晏殊独上高楼那一抹身影，也曾铿锵回响范仲淹那"不默而生"的铮铮之音；王安石变法在天下闹得轰轰烈烈，苏子瞻正感叹人生似飞鸿踏雪泥……

他们的生命距离靖康风雨太遥远，他们的眼中从未映入过乱世的阴霾，一切都带着太平年间的欣欣向荣。

百年间的和平景象，也给赵佶造成了山河稳固的假象，他听不到方腊宋江造反的吼声，也不愿读懂几年前张择端双手呈上的曲谏。

"海上之盟"是什么？

早在政和元年，赵佶曾派宦官童贯出使辽国，童贯遇到一个名叫李良嗣的辽人，向天子献策："如今辽国在天祚帝的统治下日渐腐败，女真族早想出兵打他们了！我们不妨从登莱渡海，暗中与女真族结盟，夹击辽国，燕云十六州可取！"

倘若自己能夺回燕地，岂不就能摆脱"碌碌无为"这个评价了？赵佶高兴极了，赐他姓赵，又连忙唤来蔡京共同定下此事。九年后，赵佶终于等来时机，不顾群臣反对，他迫不及待地遣赵良嗣出使金国，煞有其事地签下了"海上之盟"。

不久后，赵良嗣带着一纸盟约回到汴京。此番订盟直接撕毁了辽宋百年来的协议，辽亡那日，也是大宋边境直接暴露于金国强兵的那日。沉浸在狂喜中的赵佶眼中只有收复燕云的功绩，他无视了满朝大臣忧虑的议论声，只听得见周围的阿谀。

"天子英明！""燕云十六州收复可待啊！"那天，三十八岁的赵佶仰天大笑，在蔡京高俅等奸臣的簇拥中迈出殿外，渐渐远去。

清明静静目送着宋徽宗得意扬扬的背影，一如当年目送张择端落寞孤寂的背影。

此时，距离靖康之变的爆发还剩六年。

清明只能静静地在保和殿内等待，时辰随着铜漏一日日漏尽，转眼，赵佶已有多日不曾回到这座殿里了，外面想必发生了许多不寻常的事。

宋兵被辽人打得一败涂地。

原本按照"海上之盟"的内容：由宋军攻打辽国燕京，由金人进攻其他地区，待告捷后燕云十六州归宋朝，而宋需年年纳岁币给金朝。

赵佶没想到的是，宋军已经腐败懈怠太久，几十万大军出征，竟连燕京守兵都战胜不了，只好狼狈地朝金人求助，最终还是由金兵攻下了燕京——赵佶得到心心念念的燕地时，这里大多数居民已被金人俘走，只剩下沦为邱墟的几座空城。

短暂愤怒过后，宋徽宗很快调整了自己的心态，伸手慢慢抚过字画，自言自语："嗯，至少朕收回了燕地……"

即使如此，他仍然没有多看清明一眼。

徽宗陛下向来很擅长自欺欺人。

此时，距离靖康之变的爆发还剩两年。

当初签下"海上之盟"的金太祖已经病死，当继位的金太宗再望向大宋山河时，他心中的契约精神逐渐动摇：倘若能率兵南下，伸手将那片富饶的土地夺入囊中……岂不易如反掌？

当年金兵负责打胜仗，宋军负责吃败仗，金人立刻察觉到了宋朝无能，弱肉强食的彪悍民风使狼子们将目光转向汴京，个个眼神里杀意凛然。

汉人可欺。

宣和七年八月，金太宗分两路大军南下入侵，江山寸寸沦陷。

"报，完颜宗望率部队南下，已渡过黄河，直逼汴京！"

朝廷上下震惊无比，满朝群臣慌然无措，唯有李纲在混乱中挺身而出，号召军民抗金，令各地率兵勤王："陛下，只要军民上下一心，死守京城，定能保卫京师！"

这年，当清明再看见赵佶的时候，他已退位成了太上皇。原来，眼看战事愈发紧急，赵佶惊恐地拽着蔡京的手高呼："金人竟敢如此！"遂昏倒床下，被群臣抢救方醒。

醒来后，赵佶不愿承担"亡国之君"的责任，也不愿陪百姓死守京城，于是慌忙将皇位传给了儿子赵桓，自己则率亲信连夜出逃。出逃前，他对赵桓交代："以后你就是咱大宋的天子了！父皇先走一步！"

至此，年号正式改为靖康。

"太上皇莫走！"

"您这一逃，我们就真成了亡国奴啊！"

传说，宋徽宗欲渡黄河时，许多士兵跪倒在地，重重叩头，哀声挽留，不料赵佶身边的奸臣竟下令朝拦驾者放箭。一面是百姓们的哭声，一面却是密密麻麻的箭雨，北宋最后的士气就在御驾奔逃中湮灭。

逃跑的徽宗究竟有多狼狈不堪？起初他嫌小舟行驶太慢，改换乘轿，后来觉得乘轿子也慢，又登上岸侧一艘搬运砖瓦的大船，再向船家讨得一张炊饼，狼吞虎咽地分着吃了。

与此同时，双腿发抖的新帝赵桓正欲效仿他爹溜之大吉，却被李纲严词厉喝："道君皇帝把宗社授给陛下，陛下却弃之而去，这像话吗？！"

赵桓默然不语。

当时宰相白时中、李邦彦都称京城守不住，想劝赵桓逃跑，唯有李纲坚持守城，以待勤王之师到来，赵桓泣泪问："那……谁能担任抗金统帅呢？"

李纲答："他们俩身为宰相，此乃他们的责任！"

白时中又惊又气，脱口而出："难道你李纲不能率兵作战吗？！"

"可以！"李纲毫不迟疑，掷地有声，"倘若陛下不嫌臣无能，臣愿以死相报！"

就在李纲治兵御敌之时，被吓破胆的赵桓再三企图溜出京城，李纲流泪磕头挽留，这才使得宋钦宗勉强留下来。此时，正是靖康元年正月，金兵包围汴京，进攻宣泽门，李纲派炮手御敌，浴血奋战，击退金人。

"杀！杀——"

见汴京久攻不下，金兵只好撤退，宋钦宗却不听李纲劝告，同意了金人的和议条款，割地赔款，以求和平。[1]

第一次危机就此落幕。

作为功臣，李纲不仅没得到任何赞赏，反而引来了宋钦宗的不满。原来早在京城守卫战时，那些投降派官员便三番五次企图陷害李纲，甚至想将他绑去金营求和。宋钦宗听从他们的建议，下令罢免了李纲，不料愤怒的军民竟聚在宣德门，久久不散。

"释放李纲！继续抗金！"众人以太学生陈东等人为首，高声呐喊请愿，愤怒的游行者竟达数万人，浩浩荡荡的人们冲进皇宫打死内侍几十人，向着刚退朝的李邦彦掷石破口大骂，吓得李邦彦逃回宫内，不敢出来。[2]

兵临城下、万民请愿、战火纷飞……李纲这才官复原职，赢下了这次京城保卫战，在外避难的太上皇也狼狈地回到汴京。

危机度过，主和派官员们再占上风，百般弹劾李纲，赵桓自以为金人不会卷土重来，赶紧把言辞激进的李纲远远贬出了京城。

忠臣离京，佞臣夺权，一切终于滑向了不可挽回的地步。

清明最后一次看到赵佶时，他过得十分凄凉。

昔年元宵的热闹，不过短短几年间，竟已恍若隔世。权力面前无父子，昔日赵

---

1 《宋史》："始，金人犯城者，蔡懋禁不得辄施矢石，将士积愤，至是，纲下令能杀敌者厚赏，众无不奋跃。金人惧，稍稍引却，且得割三镇诏及亲王为质，乃退师。"

2 《宋史·李纲传》："金使来，宰相李邦彦语之曰：'用兵乃李纲、姚平仲，非朝廷意。'遂罢纲，以蔡懋代之。太学生陈东等诣阙上书，明纲无罪。军民不期而集者数十万，呼声动地，懋不得报，至杀伤内侍。帝亟召纲，纲入见，泣拜请死。帝亦泣，命纲复为尚书右丞，充京城四壁守御使。"

佶身旁的宠臣蔡京等人早已被流放[1]，赵桓就连太上皇亲手倒满的酒都不敢喝。当赵佶再次踏入保和殿的时候，他比昔日瘦削憔悴了不少。

清明静静地望着这位可悲的太上皇。赵佶似乎感应到了什么一般，猛地转身，睁大眼直勾勾地盯着这边。

"朕为何没早些读懂你的意思！"半晌后，他抬手掩面，失声痛哭，"朕早知道……那年瑞鹤图中的景象，不过是宫里豢养的仙鹤，都是自欺欺人……"

这哭声中，究竟怀着对曾经纸醉金迷生活的不舍，还是怀着二十五年浪荡帝王生涯的悔恨？清明渐渐意识到，自己永远都无法完成父亲交代的使命了。

那么……自己存在的意义，究竟还剩下什么呢？

不久后，金兵卷土重来。

这次，朝堂上再也没有李纲等人的铮铮之音了，但浩浩飞雪中，汴京军民的热血仍未凉透，请战之声沸腾，自愿参战者竟高达三十万人。

"愿抗金杀敌，保家卫国！"

"宁死不做亡国奴！"

金兵见状，不敢轻易攻城，提出"让宋帝亲自来金营献降表"。软弱的赵桓哆嗦着答应，他奉金人之命让勤王部队停止救援汴京，并镇压三十万请战军民，眼睁睁地任着金军搜刮都城。

"陛下有令，不准抵抗！"

时逢凛冬，朔风凛冽，昔日繁华的都城几乎沦为雪中空城。遭洗劫屠戮后幸存的汴京人民，熬不过靖康年间这场异常冷酷的大雪，生生冻死饿死在路边，尸体堆积，竟有无数。

不久后，金军将二帝废为庶人，连同妃嫔皇子三千多人一同押往北方，宫中字画宝物也被搜刮一空，唯有赵构在外招兵，幸免于难。

1　《宋史》："钦宗即位，边遽日急，京尽室南下，为自全计。天下罪京为六贼之首，侍御史孙觌等始极疏其奸恶，乃以秘书监分司南京，连贬崇信、庆远军节度副使，衡州安置，又徙韶、儋二州。行至潭州死，年八十。"

那天，保和殿内的清明见证了皇城沦陷的惨状，那名凶神恶煞的金兵踹开殿门，贪婪地向着这边伸手，用女真语嘀嘀咕咕："什么东西？一幅画？罢了罢了，大抵也不是什么值钱物什，丢上车运走吧！"

一幅……画？

从金兵浑浊的瞳孔里，清明第一次真正看见自己的模样，看见宋徽宗用瘦金体写下的题签，那正是自己的名字——

清明上河图。

翰林张择端，字正道，东武人也。幼读书，游学于京师，后习绘事。本工其界画，尤嗜于舟车、市桥、郭径、别成家数也。

徽宗年间，张择端作《清明上河图》献宋徽宗，画出清明坊的繁华百态，亦将萧条动荡暗藏此间，欲曲谏婉言相劝徽宗。然而徽宗虽看懂此画真意，却不愿听谏，不了了之。

靖康二年，北宋亡。

后来，宋高宗赵构在临安城建立南宋，偏安一隅；徽钦二帝被掳向北方的多年后，父子相继死于金国；再后来，历史上响起不间断的反抗声，怒发冲冠的岳飞、以笔为剑的辛弃疾、盼九州同的陆游……南宋兴亡，终究如同汴河船家摇橹时划起的涟漪，渐渐湮散，无从寻觅了。

那幅名为《清明上河图》的古画，在金国与中原之间辗转，曾被尘封许多年，也曾被弃于角落。无人知道，它在无数个落灰的寂夜里感到迷茫，宋已亡，自己接下来该何去何从呢？

直到某日，它被人小心翼翼地从尘埃中打捞起来，缓缓铺开，那些熟悉宋史的人们注视着它，潸然泪下。酒肆与茶坊、货船和汴河、唱词与风雅……他们从它身上窥见了北宋的一角，窥见了那场匆匆覆灭的薄梦。

画桥虹卧浚仪渠，两岸风烟天下无。

满眼而今皆瓦砾，人犹时复得玑珠。

繁华梦断两桥空，唯有悠悠汴水东。

谁识当年图画日，万家帘幕翠烟中。[1]

要在朝代烟尘之下，颠沛千里万里，泛黄的清明才会渐渐懂得这些目光——

只要《清明上河图》上的繁华还在，后世千百年的人们就不会忘记宋朝，不会忘记大地上曾经存在过这样一个璀璨的朝代，不会忘记这里曾有雨打芭蕉的潮湿，也有天晴后市列珠玑的喧哗。

直到日月流转几轮，辗转很多年后，沧桑的古画终于实现了它新的使命——

原来历史上栩栩鲜活的北宋，早已被张择端描入画中，镌进岁月。

只要还有人深深记得宋的模样。

大宋，就永不灭亡。

1 出自金代张世积为张择端《清明上河图》的题跋。

LI SHI DE
YI HAN

文
拂罗

诸老丹心付流水
孤臣血泪洒南风

崖山海战

YA SHAN HAI ZHAN

"文丞相，这是最后一顿饭了，您多多少少吃几口吧。"

通夜将尽，当狱卒捧着断头饭再次走近时，那道骨瘦如柴的身影仍笔直地站在牢中，面朝南方，如同高山，久久不言。

宁死不降的南人丞相文天祥，他的名字在元朝传得沸沸扬扬，听说就连大汗都没能撼动他的死志。望着文天祥久久沉思的背影，那狱卒不敢再打扰，悄悄退下了。

这牢房里阴冷潮湿，蛇鼠乱窜，阵阵腥臭霉味掩盖了饭菜酒香，两种气味掺在一起混淆不清，像极了山河破碎时的滋味：一面是大宋灭亡数年后的萧瑟，另一面却是元人建朝时的风光……如今，他只求午时行刑快些到来，除此之外，别无所愿。

囚窗外是夜尽后的旧江山，它在文天祥眼中依然是长夜茫茫。

大宋何故沦落至此？

沦为囚犯这三年来，他时常会回想故国的历历往事，东京梦华一百六十七年，衣冠南渡又一百五十二年，整整三百一十九年的历史，每个年份都镂入心底不敢遗漏。年幼时，爹娘一遍遍教导他"先有国后有家"的情景，仍然清晰如昨。

"孩子，大宋自南渡后风雨飘摇，异族看宋人如同看羔羊……"

靖康之耻过去一百多年，文天祥只在史书上见证过那场惨烈的大雪。当年徽钦二帝被金人掳向北方，东京沦陷，只有康王赵构幸免于难，他匆忙在应天府登基，定都临安。

"哎呀，真是人间好风光……"江南自是风景醉人，何须惦念北方呢？赵构偏安一隅，听不见失地人民彻夜的哭声。

绍兴年间，岳飞收复洛阳之际，被十二道金牌速速召回，以"莫须有"的罪名杀死。凭着岳家父子的性命，赵构顺利与金国签署了丧权的"绍兴和议"：宋每年进贡银绢各二十五万，放弃淮河以北的江山，两国以淮河、大散关划界。

在完颜亮挥师撕毁协议之前，两国维持了二十年和平。

乞来的和平，当真算是和平吗？

在赵构一笔笔签下和议时，他不会想到，游牧民族被誉为"马背民族"，宋朝割舍了北方马场，以后都只能靠步兵作战，遇到铁骑自然溃不成军，兵弱，必成为王朝灭亡的伏笔。

不仅如此，根据秦桧"南人自南，北人自北"的提议，此后北方失地的汉人统统归金国所有，发现南逃者一律遣回。这噩耗如同一条屈辱的长鞭，将南北两地的百姓重重划开，其中有多少妻离子散？有多少骨肉分离？在一声声绝望的哭喊中，同胞此生竟不得再相见。

临安城一家旅舍墙壁上，被士人林升题诗：

山外青山楼外楼，西湖歌舞几时休？

暖风熏得游人醉，直把杭州作汴州。[1]

"青山连着楼阁不见尽头，西子湖畔的歌舞几时能休？暖风熏得游人如醉，依我看，官家简直是把杭州当成了汴州！"

此后一百多年，历经四任皇帝，每个都优柔寡断，遇到挫折便灰心丧气，导致宋朝北伐行动并不坚定。

位卑未敢忘忧国，事定犹须待阖棺。[2]

四十三年，望中犹记，烽火扬州路。[3]

朝廷朝三暮四，重文轻武，文人们无法将笔换作刀剑，只能抱憾渐渐老去。

这些年，北伐计划时而复燃，时而搁置。孝宗年间，金国在完颜雍治理下出现"大定之治"，与南宋议和，两国渐渐形成对峙之势。

少了外敌侵扰，民间曾呈现出繁荣的欣欣景象，在范成大与杨万里等谏臣的治理下，南方百姓度过了四十年安居乐业的生活，历史上属于南宋的文化迅速发展起来。

它比南渡前更萧瑟，比北宋词更空灵，不论是"沾衣欲湿杏花雨，吹面不寒杨柳风"[4]的早春惬意，还是"有约不来过夜半，闲敲棋子落灯花"[5]的夜半清幽……如同临安城的蒙蒙细雨，总是带着雾里看花的朦胧不真切。

好景不长，时间并没有定格在这一刻。

南宋中后期，金国疲于对付蒙古，而百官也嗅到局势变化。在皇帝眼皮底下，

1　林升《题临安邸》。

2　陆游《病起书怀》。

3　辛弃疾《永遇乐·京口北固亭怀古》。

4　志南《绝句》。

5　赵师秀《约客》。

主和与主战之争再度上演，权臣们趁机轮番上位：韩侂胄、史弥远、贾似道……这些人一手遮天，把持朝政，宋朝廷内愈发腐朽。

文天祥出生于端平三年，南渡后第五位皇帝理宗的时代。

"端平"注定是个不平的年份，整个大宋都活在惶惶中，天子赵昀正忙于起草一份罪己诏，检讨他在三年前"端平入洛"中犯下的错误。如今，大宋要面临的强敌已不再是金国，而是迅速崛起的蒙古部落。

什么是"端平入洛"？

在"大定之治"匆匆结束之后，金国转衰，被大蒙古国击败，在内忧外患中步入了亡国倒计时——大蒙古国的可汗正是尊号赫赫有名的成吉思汗，占领金国大片土地后，他率铁骑踏平了西夏、西辽等部落，又朝着黑海长驱直入，如闪电般横扫欧亚大陆。

病逝前，这位传奇人物铁木真眯起眼，将目光投向南方，留下了最后的遗言："联合宋人，左右夹击，消灭金国。"

绍定五年，蒙古遣人商议合盟之事，消息从京湖一路快马传到临安城，满朝文武喜色难掩："三京可收复啊！"

唯有赵范冷静地站出来阻拦："难道诸位忘了徽宗'海上之盟'的惨剧吗？！"

赵范的声音很快淹没在你一言我一句的议论中，眼见金国灭亡已成定局，宋理宗喜悦万分，答应合作。双方仅仅口头约定，夹击灭金后，蒙古将河南还给宋朝。

金哀宗听闻，立刻遣使者求救："蒙古灭国四十，以及西夏，夏亡及于我，我亡必及于宋！陛下，唇亡齿寒啊！"

"要朕助你们抗蒙？笑话！"赵昀一声冷笑，断然拒绝。

宋兵一路朝着北方进军，先后收回邓州、唐州等地，金哀宗则在蒙将追杀下逃往蔡州，其狼狈之状恰似靖康年间出逃的宋徽宗。端平元年，宋蒙合围蔡州城，金哀宗自缢身亡，末代金帝完颜承麟死于乱兵之手。

金国灭亡。

短短四个字，北方人民等了太久太久，贯穿这漫长一百年间的记忆，是由无数耻辱与愤怒的时刻组成的。外族强占田地，无数汉民活活饿死，这些金人却过着"尽服纨绮，酒食游宴"[1]的生活。

北方居民自发结成"红袄军"，誓将他们"屠戮净尽，无复噍类"。[2]

数月间，北方大地尽被血色染红。

同时，宋兵收复南京与东京，亲眼见到了市井残毁的萧瑟旧都，与记载里的繁华判若两地。就在他们继续朝着西京洛阳行军的时候，蒙军却不承认盟约，翻了脸——宋军在洛阳遭蒙军伏击，顷刻间死伤无数，血流成河，节节败退。

"报，开封失守！"

"报，南京失守！"

大宋心心念念的收复计划，随着一声声败退的战报化作了泡影。

面对滔天的议论，赵昀只好写下罪己诏，决心专注内政，欲实施"端平更化"整顿腐朽的朝廷，最后却不了了之。或许是挫折使赵昀失去了耐心，他在晚年变得倦政，干脆将大权交给贾似道，自己则沉迷享乐。

文天祥的少年时代，正是在"端平更化"时期度过的。

他的名字起初叫文云孙，字天祥。

追忆里，那是大宋最后一抹繁华，那年元宵节也曾有琉璃光射的热闹，但从爹娘眺望北方的忧虑目光里，早慧的文云孙隐隐预感到未来的战乱。

他刻苦读书，进入江万里创建的宋朝名校白鹭洲书院，学宫中放着欧阳修、杨邦乂、胡铨的画像，这三人谥号都有"忠"字，使少年文云孙憧憬不已，朗声立下豪言："倘若不能成为其中一员，我就不是真正的男子汉！"[3]

这句话饱含着灼灼不熄的理想，贯穿他此生的四十七年。危身奉上曰忠，虑国

---

1 《金史》："山东、大名等路猛安谋克户之民，往往骄纵，不亲稼穑，不令家人农作，尽令汉人佃莳，取租而已。富家尽服纨绮，酒食游宴，贫者争慕效之。"

2 《遗山集》："仇拨地之酷，睚眦种人，期必杀而后已。若营垒、若散居、若侨寓托宿，群不逞哄起而攻之，寻踪捕影，不遗馀力，不三二日，屠戮净尽，无复噍类。"

3 《宋史·文天祥传》："自为童子时，见学宫所祠乡先生欧阳修、杨邦乂、胡铨像，皆谥'忠'，即欣然慕之。曰：'没不俎豆其间，非夫也。'"

忘家曰忠，杀身报国曰忠……纵观千古，这一声名满天下的"忠"字，注定要在浴血中诞生。

宝祐四年，当二十一岁的文云孙赴京参加科举时，他已长成"体貌丰伟，美皙如玉，秀眉而长目，顾盼烨然"的飒爽青年。面对日渐倦政的宋理宗，他以"法天不息"为论策题目，一笔挥就，整整万字，文采飞扬，字字激昂。[1]

"此天之祥，乃宋之瑞也！"

理宗亲阅试卷，看得热血沸腾，钦点他为状元："你以后就改名文天祥，改字宋瑞吧！"

进士榜首，天子赐名，步入仕途的文天祥更是"谏诤有风烈"。三年后，听闻蒙古大军南侵的消息，宦官董宋臣竟建议迁都，满朝无人敢抗议。

难道大宋还要重蹈北方的悲剧吗！

青年文天祥愤然上书："臣请诛杀董宋臣，以稳固人心！"[2]

这封奏疏最终石沉大海。

不久后，可汗蒙哥中箭而死，其弟忽必烈为了争夺王位，连忙掉头回撤，大宋这才暂时减缓了亡国的进程。贾似道当时在鄂州抗蒙，因此得了战功，入朝后逐渐大权在握，过起奢侈糜烂的生活，被民间称为"蟋蟀宰相"。

满朝文武，唯有文天祥在起草制诰时公然讽刺他。

"胆大包天！"贾似道勃然大怒，唤来台官，"去去去，赶紧把他给弄走！"

台官们轮番弹劾，年仅三十七岁的文天祥如风刀霜剑加身，他不得不请求致仕归家，几年后才被重新启用。

回望人生前四十年，竟没有做出为国为民的大事。

这些年，父亲为他留下了颇丰的家底，性情豪放的文天祥过着锦衣玉食的日子，

1　《宋史·文天祥传》："年二十举进士，对策集英殿。时理宗在位久，政理浸怠，天祥以法天不息为对，其言万余，不为稿，一挥而成。帝亲拔为第一。考官王应麟奏曰：'是卷古谊若龟鉴，忠肝如铁石，臣敢为得人贺。'寻丁父忧，归。"

2　《宋史·文天祥传》："开庆初，大元兵伐宋，宦官董宋臣说上迁都，人莫敢议其非者。天祥时入为宁海军节度判官，上书'乞斩宋臣，以一人心'。不报，即自免归。后稍迁至刑部郎官。宋臣复入为都知，天祥又上书极言其罪，亦不报。"

甚至在旁人看来，他似乎与其他官员并无什么不同。

唯独文天祥自己知道，当初的理想仍在胸中翻涌，只要国家一日未太平，这份滚烫就永不冷却。他曾遇到前任宰相江万里，老少促膝长谈后，江万里忧道："我老了，治世之责不正是在你肩上吗？望你努力。"[1]

两年后，二十万元军水陆并进，再度南侵。

在南宋自甘堕落的时候，忽必烈早就建立元朝，定都燕京，企图实现天下统一。此时宋理宗早已驾崩，荒淫的度宗不久前病逝，被抱上龙椅的小皇帝赵㬎只有四岁，由谢太后垂帘听政。

这年隆冬，蒙将伯颜率大军剑指临安，铁骑所到之处，守臣们闻风投降，群臣纷纷奏请贾似道率兵抗元。

贾似道只好抵达前线，企图派人谈和："我代表我们大宋，以后称臣奉岁币，将军您看……"

伯颜一口拒绝。

在手下将领们遭遇惨败后，贾似道乘船逃向扬州，并上奏请天子迁都，昔日鄂州之战的名声尽失。战况传回京城，官民愤怒请求谢太后下令诛之，数月后，贾似道在漳州被县尉郑虎臣所杀。

敌军步步紧逼，战报日日传来。

"报！建康守臣赵溍弃城逃跑！"

"报！镇江、宁国、隆兴、江阴守臣皆弃城逃跑！"

国难当头，京城内外百官竟只顾逃跑。再上朝时，昔日群臣云集的大殿也不剩几人，谢太后泣泪长叹，怒斥群臣："我朝三百馀年，待士大夫以礼，吾与嗣君遭家多难，尔大小臣未尝有出一言以救国者！"

朝廷召集天下勤王，但各地官员忙着投降。

"大宋将亡，我们何苦送死呢！"

1　《宋史·文天祥传》："咸淳九年，起为湖南提刑，因见故相江万里。万里素奇天祥志节，语及国事，慨然曰：'吾老矣，观天时人事当有变，吾阅人多矣，世道之责，其在君乎？君其勉之。'"

"依我看，早日降元可保全家平安，说不定还有官做！"

放眼天下，莫非竟没有一位忠义之士了吗？

自然有。

面对黑云般的蒙古铁骑，仍有饶州知州唐震不屈而死，池州通判赵卯发与妻自缢，前丞相江万里携儿子投水而亡。

"太后！有三路兵马响应勤王，朝临安而来！"

谢太后惊愕不已，忙问："这三路兵马都由谁带领？"

"郢州守将张世杰，湖南提刑使李芾，江西安抚副使文天祥——"

与此同时，文天祥正日夜兼程地赶路。

原来，在诏令传到江西的时候，已经过了整整一个月，文天祥手捧诏书，涕泪俱下，连连痛骂自己平日耽于享乐："以他人之乐为乐的人，也应忧人之忧，以他人衣食作为衣食来源的人，也应为他人之事，万死不辞！"[1]

他变卖家产，招兵买马，集结万人。[2]

"元军兵分三路，早就攻破京城附近的地方了！"朋友连忙劝他，"你带着临时招募的乌合之众赴京，与驱牛羊去搏猛虎有什么区别！"

"我知道。"文天祥话语铿锵。

"国家养育臣民三百余年，一朝有急，征天下兵，如今竟无一人一骑响应，吾深恨于此。"他转过身，慢慢出声，"今不自量力，以身殉国，希望天下义士听到我的死讯以后，能够奋起，社稷犹可保。"

在友人怔怔的注视下，文天祥转身迈出空屋，再也没有回来。

德祐元年八月，文天祥顺利抵达临安，被调往平江，听闻元军攻入常州，他遣手下将领火速支援，但"乌合之众"终究抵不过训练有素的蒙军，这支部队竟全军覆没。

"全军覆没，常州失守……朝廷让我抛弃平江，退守余杭？"

---

1 《宋史·文天祥传》："天祥性豪华，平生自奉甚厚，声伎满前。至是，痛自贬损，尽以家赀为军费。每与宾佐语及时事，辄流涕，抚几言曰：'乐人之乐者忧人之忧，食人之食者死人之事。'"
2 《宋史·文天祥传》："德祐初，江上报急，诏天下勤王。天祥捧诏涕泣，使陈继周发郡中豪杰，并结溪峒蛮，使方兴召吉州兵，诸豪杰皆应，有众万人。"

文天祥踉跄两步，一口腥甜涌出喉咙，他来不及悲伤，马不停蹄地赶回了京城。他所看到的，是即将沦陷于战火中的临安，他所听到的，是京城百官的投降之声。

京城无力再抵抗外族，谢太后准备抱着五岁的小皇帝降元，陈宜中与张世杰等人则带着年幼的皇子赵昰、赵昺逃出皇宫。伯颜兵临城下，勒令大宋命官来谈和，实是讨论投降之事。

殿内寥寥数人，群臣瑟缩胆寒，要派谁去涉险呢？

"文卿，以后你就是咱大宋的右丞相了！去吧！"

恰逢正月，作为使臣缓缓走出临安城时，文天祥回望漫天凄凉的飞白，那一刻，他想到旧籍里靖康二年的飞雪。

他写诗明志：

初修降表我无名，不是随班拜舞人。谁遣附庸祈请使，要教索虏识忠臣！[1]

——历史绝不可重演，这次有我文宋瑞在，倒要让索虏瞧瞧大宋的忠臣是什么模样！

在敌营，文天祥毫无惧色地与伯颜对峙，痛斥蒙古侵略他国的无耻行为。伯颜大怒，将其扣留，见文天祥誓死不屈，只能先将他押向北方再说。

远方传讯，宋朝投降，临安城陷。

四十岁的文天祥久久凝望着南方，飞雪一夜染白了他的鬓发，旁边元军威逼利诱："丞相，你的国亡了，你何不像同僚那样投靠我们？"

文天祥一声冷笑，并不言语。张世杰他们还在福州殊死抵抗，岂能说国亡？

半路上，他带着侍客十二人趁夜出逃，一路风餐露宿，时而在竹林间躲避元兵的冷箭，时而饥肠辘辘地向农夫讨得残羹冷饭。

同行者有死有伤，文天祥虚弱不堪，雇了两个樵夫，只能坐在箩筐里，由雇来的两个樵夫抬着，逃至高邮，再乘船颠簸到温州。[2]

1　文天祥《使北》。

2　《宋史·文天祥传》："伏环堵中得免。然亦饥莫能起，从樵者乞得余糁羹。行入板桥，兵又至，众走伏丛筱中，兵入索之，执杜浒、金应而去。虞候张庆矢中目，身被二创，天祥偶不见获。浒、应解所怀金与卒，获免，募二樵者以黄荷天祥至高邮，泛海至温州。"

放眼山河，满目疮痍，死里逃生的文天祥心中却涌起新的豪情：

几日随风北海游，回从扬子大江头。臣心一片磁针石，不指南方不肯休！[1]

数年以后，这首诗被他在狱中收入《指南录》中，在后序提到这段经历时，他用了二十二个触目惊心的"死"字。

同年，七岁的赵昰在福州继位，小朝廷建立。

文天祥兴冲冲地赴福州领命，再次招兵买马，民间一呼百应。同样身为抗元英雄的张世杰却抵不过门户之见，唯恐他威胁自己的位置，于是将文天祥远调汀州，不准其入朝。

次年，元军击败义兵，攻占汀州。

第二次起兵失败并未挫伤文天祥的锐气，他即刻开始第三次招兵，一口气攻下赣州数地，各路义军不断响起回应之声，抗蒙形势大好，引来了敌人的警惕——一介文官竟屡屡起兵抵抗，"文天祥"这个名字已被元军皆知。

不久后元军突袭赣州，这支拼凑起来的军队再次溃散，见文天祥仍要誓死作战，众将泣泪：

"丞相，留得青山在不愁没柴烧，您快走吧！"

在众人掩护下，文天祥逃至空坑，连妻儿都被元军抓走了。有个监军名叫赵时赏，原是朝廷派来的监督官员，因佩服文丞相的气节，他在乱军中高声称自己正是文天祥，被捉入元营后遇害。[2]

"丞相，您就是这大宋最后的气节，您在，大宋就不会亡！"这成了赵时赏临别前最后一句话，"我走了，您保重！"

大宋……还没亡！

当文天祥从悲痛中缓过心神，又一次开始奔波招兵时，这已是他人生中第四次

---

1 文天祥《扬子江》。

2 《宋史·文天祥传》："至空坑，军士皆溃，天祥妻妾子女皆见执。时赏坐肩舆，后兵问谓谁，时赏曰'我姓文'，众以为天祥，禽之而归，天祥以此得逸去。"

抗元。

景炎元年，元军侵入福州，众人护送赵昰、赵昺乘船南逃，前往雷州。

景炎三年，饱受惊吓的小皇帝赵昰去世，张世杰与陆秀夫拥立六岁的赵昺为帝，改年号为祥兴。

同一时刻，文天祥军中暴发瘟疫，八月酷暑，尸体遍营，就连他的老母与幼子也感染了重病，几日间相继病逝。文天祥眼睁睁目送骨肉至亲去世，椎心泣血，几度哭晕。

他在战争中失去了一切，从此没有了家，只剩下濒临破碎的国。

抗战的日子一天天熬过去，又到了大雪纷飞的凄凉时节，元军如风卷残云般袭来。这成了文天祥被虏前最后的记忆，他一口气吞掉大量龙脑，却没能如愿死去，被敌军押到潮阳，见到了负责围剿南宋小朝廷的降元宋将，张弘范。

左右命之拜，文天祥坚决不拜。

"文丞相，我当你是贵客，可否帮我写信劝张世杰投降？"张弘范笑问。

文天祥冷声反问："我如今不能保卫父母，还教人背叛父母，这可能吗？"

听说雷州失守，陆秀夫等人已乘船逃往崖山，眺望茫茫山河，大宋竟再无一寸领土，小朝廷只能漂泊大海。

为了索要劝降信，张弘范将文天祥也押至崖山的元军大船上，想让他眼睁睁目睹宋败。数日后，听说文天祥提笔写字，张弘范高兴极了，命人取信，展开一看，只有一首诗赫然映入眼中——

辛苦遭逢起一经，干戈寥落四周星。山河破碎风飘絮，身世浮沉雨打萍。

惶恐滩头说惶恐，零丁洋里叹零丁。人生自古谁无死？留取丹心照汗青！ [1]

张弘范沉默良久，只说"好人，好诗"，再未逼迫文天祥。

祥兴二年，崖山海战，南宋亡。

一山还一水，无国又无家，这成了南宋最后的悲歌。绝望的陆秀夫轻声安抚小皇帝，将玉玺绑在幼主身上，背着幼主投海自尽，张世杰溺亡于海浪中，十万官民

1　文天祥《过零丁洋》。

则追随八百皇族，投海殉国。

文天祥目睹海上浮尸，心神欲裂，求死不得，悲恸写诗：

羯来南海上，人死乱如麻。腥浪拍心碎，飙风吹鬓华。[1]

元军庆功宴上，张弘范劝道："国已亡，您也仁至义尽了，倘若效忠我朝，也不失宰相之位啊！"[2]

文天祥泫然出涕："国亡不能救，我身为人臣死有余罪，怎敢苟且偷生！"

张弘范动容，派人护送他前往燕京。

草合离宫转夕晖，孤云飘泊复何依？山河风景元无异，城郭人民半已非。[3]

什么是国亡？

今后他与同胞成了无根的花草、落魄的游子，今后永不能自豪地挺起胸膛，称自己一声"宋人"。

什么是活着？

捐生殉国也是活着，苟且偷生也是活着。

走在路上，所见尽是最熟悉的旧山河，如今竟已不能称之为家。文天祥绝食八天，粒米未进，滴水不沾，只恨没能把自己饿死，终于还是被押到了燕京。他不睡馆舍大床，宁可一坐到天亮。[4]

元人无奈，将他挪至监狱。

入狱那天，天光灿烂，他仰起头眯了眯眼，恍惚中觉得大宋仍在，那些亲人，那些战友……仿佛就在生命最尽头等待着他回去。

他在狱中收到家书，得知妻女都在宫中为奴，霎时心如刀绞，哽咽回信："人谁无妻儿骨肉之情？但今日事到这里，于义当死，乃是命也。奈何？奈何！……可令

1　文天祥《南海》。

2　《宋史·文天祥传》："崖山破，军中置酒大会，弘范曰：'国亡，丞相忠孝尽矣，能改心以事宋者事皇上，将不失为宰相也。'"

3　文天祥《金陵驿二首》。

4　《宋史·文天祥传》："天祥在道，不食八日，不死，即复食。至燕，馆人供张甚盛，天祥不寝处，坐达旦。"

柳女、环女做好人，爹爹管不得。泪下哽咽哽咽。"

一晃三年。

忽必烈认为他是南人中最好的宰相，频频派人劝说文天祥降元，皆无功而返。三年间，许多降元宋臣请朝廷释放忠良，不料前宰相留梦炎跳出来反驳："以文宋瑞那性子，释放后必定起兵抗元，到时他成了忠良义士，置我等降元大臣的名声于何地？！"

此事只好作罢。

在牢里，文天祥做了个梦。

他梦见大宋还未灭亡，某年热闹的元宵节，自己与家人们漫步于繁华夜市。花灯连天，君民同乐，孩子们吵着要吃乳糖圆子，妻轻轻地笑，唤他们慢点儿跑，慢点儿跑……他还梦到母亲，母亲满眼含泪：

"孩子，苦了你……"

前年惠州哭母敛，去年邳州哭母期。今年飘泊在何处，燕山狱里菊花时。[1]

牢狱里连逢大雨，雨停后无比闷热，他几回病倒，期盼着自己迎来死亡，却每次都熬了过来。靠着"我善养吾浩然之气"，文天祥聊以慰藉，每日整理平生文稿，写下《正气歌》：

悠悠我心悲，苍天曷有极。哲人日已远，典刑在夙昔。风檐展书读，古道照颜色。

他更加强烈地体会到视死如归的心情。

前不久，忽必烈问他有何愿望，他不假思索，朗朗回答："愿赐之一死足矣！"

忽必烈终于承认这个事实，他或许能用铁骑征服汉人的生命，但他摧折不了汉人的骨气，这个民族的意志如同黄土下的一捧种子，野火烧不尽，春风吹又生。

崎岖万里，归翊行朝。

只要文天祥活着，汉民就不会停止反抗的呐喊。

通夜将尽，行刑将至。

---

1 文天祥《哭母大祥》。

狱卒再次走近牢狱时，那个彻夜沉思的身影终于缓缓开口："我的事完成了。"[1]

在狱卒们的注视下，文天祥向南跪拜后，主动迈步朝着狱外而去。燕市观者如堵，人头攒动，争看文丞相的风姿。宣使对百姓们高声道："文丞相南朝忠臣，皇帝使为宰相不可，故遂其愿，赐之一死，非他人比也！"

"丞相，"那宣使回头相劝，"倘若你回心转意，哪怕回奏一句话，仍可免死……"

文天祥平静答："死则死尔，尚有何言！"

他迎着正午天光，面朝南方，深深再拜，从容就义。南方义士们冒死前来收尸，在丞相遗体的衣带间，他们发现了一封早就写完的遗书——

吾位居将相，不能救社稷，正天下，军败国辱，为囚虏，其当死久矣！项被执以来，欲引决而无间，今天与之机，谨南向百拜以死。其赞曰：孔曰成仁，孟曰取义，惟其义尽，所以仁至。读圣贤书，所学何事？而今而后，庶几无愧！宋丞相文天祥绝笔。[2]

宋之亡，不亡于崖山之崩，而亡于燕市之戮。

至此，大宋的故事结束了，汉人的故事却没有结束。四十年后，元朝至治三年，白鹭洲书院将文天祥的画像与欧阳修、杨邦乂、胡铨同列，供奉于先贤堂内。

九十年以后，明朝洪武九年，北平教忠坊建起文丞相祠堂，其后宣城、温州、汀州、潮阳、五岭坡、崖山……各地都陆陆续续建起祠堂，冥冥中仿佛指引着他归家的路。

一百多年后，明朝景泰七年，明代宗赐文天祥谥号为"忠烈"。

临患不忘国曰忠，秉德遵业曰烈，那位少年曾许下的铮铮理想得以实现成真。年月流转，沧海桑田，那永远向南的磁针石，终于在江南故里的最尽头，迎来了一声轻叩的回响——

满地芦花和我老，旧家燕子傍谁飞？

从今别却江南路，化作啼鹃带血归。[3]

崖山海战

---

1 《宋史·文天祥传》："天祥临刑殊从容，谓吏卒曰：'吾事毕矣。'南乡拜而死。"
2 出自《纪年录》。
3 文天祥《金陵驿二首》。

十万人同心死义

留大明三百里江山

兴亡大明

崇祯十七年三月，北京城乍暖还寒。

空气干冷干冷的，杨柳还未抽出新的枝条。光秃秃的灰黑枝杈上，一只乌鸦对着皇宫张开嘴，呕哑唤了几嗓，似乎在预示着这个王朝命不久矣。

十七日，李自成的军队进高碑店，以大炮轰城，攻打西直门。炮火连天间瓦砾纷飞，残垣断壁随处可见。次日，叛变的太监杜勋奉命前去与崇祯帝谈判，"闯人马强众，议割西北一带分国王并犒赏军银百万，退守河南……"[1]

——退兵可以，但要每年百万军饷，割地自立为王。

十九日清晨，刘宗敏率兵门外，兵部尚书张缙彦主动打开正阳门。中午，太监王德化亲自引李自成进德胜门，经承天门入大殿。[2]

大殿无人，大臣皆四逃。太监栗宗周、王之俊连连供出三名皇子所在地，瑟瑟发抖求饶。第二天，崇祯帝的尸体在景山上被发现。[3]

十月初一，顺治帝福临在南郊天坛祭天，清王朝正式统领中国。

……

短短七个月，大明改朝换代，江山易主。

不过好像放在时间的长河里来看，王权更迭只是历史的必然，没什么可喟叹的。当年七雄五霸斗春秋，不也是顷刻兴亡过手？

臣子们还是照常上朝，除了换个跪拜的主子，百姓们还是继续生活，大不了搬家易居。

一切都不稀奇，就像二百七十六年前，这种城破国亡的事刚发生过一次，就在这儿。那时皇城里住的还是元顺帝，北京也不叫北京，叫大都。明军像李军一样，从通州开始，一步步打进了城，随后攻破宫门九重，闯进皇宫大殿[4]。

内殿和现在一般模样，也是无人。将士们大笑着扬起军旗，振臂高呼："元亡！元亡！"

1　出自《小腆纪年附考》。

2　《明季北略》："一云张缙彦坐正阳门，朱纯臣守齐化门，一时俱开。二臣迎门拜降，闻城中火起，顺成、齐化、东直三门，一时俱开。贼先入东直门。"

3　《明季北略》："己酉午刻，得先帝音问，缢于煤山，乃以双扉，同昇母后二尸出，送至魏国公坊下。"

4　《元史》："八月庚午，大明兵入京城，国亡。"

军队的首领不是什么有头有脸的大人物，更不是皇亲国戚，只是个农民出身的穷小子，甚至之前连个正经名字都没有，只是根据排辈得名朱重八。

而现在的领军首领李自成，当年也是个为地主干活的放羊娃，周围都管他叫李枣儿。

你瞧，连起义领袖都差不多的出身。所以……到底有什么地方不一样？

当年的元是从宋手里抢来的江山，前身是大蒙古国。在忽必烈的铁蹄弯弓下，这些草原来的征服者成为了中原第一个大一统异族政权。

既然不是同一个民族，自然也谈不上爱民如子。

在元朝统治后期，奴隶二字几乎成为汉族血统的烙印。他们把汉人当作任辱任欺的奴仆，农民被强制编入军户牧户，自带口粮服兵役，一旦战事失败，还要举家处以刑罚。一时之间民不聊生，百姓生不如死。

不过他们忽略了一点，就是泱泱大汉子民并非任人宰割的鱼肉。在治理黄河水患这最后一根稻草落下后，反抗出现了。

"杀！让他们滚回长城外，这是我们汉人的国！"朱元璋眼眸中闪动着嗜血的仇恨，身披铠甲冲锋陷阵，一步步击溃元军。

"驱逐胡虏，恢复中华"[1]一语激起了万民心中的火，成了一呼百应的号角。经过十七年的鏖战，他不负众望，把那些胡虏尽数驱逐，又八次出兵漠北"弭绝边患"。终于，在朱元璋成为明太祖的第二十五年，汉人重新获得了整个河西走廊的统治权。

朱元璋用铁血手腕开了一个头，以至于后世子孙，或许有才不配位的君主，但绝没有临阵脱逃的懦夫。

建文四年，南京。

朱元璋的第四子——燕王朱棣，通过那场著名的靖难之役登上了帝王的宝座。[2]

"咱们皇上王位来得不正啊，这不合规矩！"百姓与朝野上下议论纷纷，声讨不断。

1　出自《谕中原檄》。

2　《明史》："丙寅，诸王群臣上表劝进。己巳，王谒孝陵。群臣备法驾，奉宝玺，迎呼万岁。王升辇，诣奉天殿即皇帝位。"

朱棣悠哉戴上冠冕走到王位前，一个甩袖回身，眼底轻忽的神色下，是和他父亲一模一样的血性："呵，不合规矩？朕就是规矩！"

数月间，他用雷霆手腕飞快平息了各方讨伐责难。楼宇高台之上月落参横，朝阳破云喷薄而出。随着第一缕日光照耀在大明江山，朱棣将视线久久投向国土与苍茫边疆——

"先皇没做到的，朕要做到。"

"朕要开创一个盛世，比汉武，开元还要壮大的盛世！"

"朕要我明朝疆域辽阔，日月同辉，天下大治，万国来贺！"

次年，朱棣将首都正式迁回北京。随后他大力发展农业，疏通运河，兴修水利。永乐年间，百姓"赋入盈羡"，达到明一代最高峰。

国库有了钱，国家便有资本出征打仗。为解决元朝的残存势力，让大明无后顾之忧，朱棣五次出征蒙古。

永乐八年，朱棣带着五十万大军深入漠北，亲征鞑靼，阿鲁台部众溃散，明军大获全胜。

永乐十二年，朱棣亲征瓦剌。他指挥数百精骑为前锋，火铳齐发，在明军强大攻势下，瓦剌马哈木等向明朝谢罪，恢复朝贡关系。

永乐二十年，朱棣再征鞑靼，阿鲁台闻讯趁夜逃离，不敢应战。

……

这些曾经在中华大地肆虐的胡人，一个个倒在朱棣的战马寒刀下。上下五千年里，他是唯一一位"封狼居胥"的帝王。

大漠孤烟，长河落日，漫天的血色红霞中，朱棣摘掉满是污垢的头盔，露出那张狂傲大笑的脸。他在金色的地平线上猛一抖缰绳，战马高高扬起前蹄发出嘶鸣，声音响彻漠北——"壮哉我日月山河，谁敢来犯！"

他在位期间，大明东起朝鲜，西据吐蕃，南包安南，北距大碛，东西一万一千七百五十里，南北一万零九百四里[1]，国土面积约达一千万平方公里。

---

1 《明史·地理志第十六》："计明初封略，东起朝鲜，西据吐蕃，南包安南，北距大碛，东西一万一千七百五十里，南北一万零九百四里。"

朱棣不仅扩张版图，还注重海外交流，曾六次派郑和下西洋。大海洪涛接天，巨浪如山，飘扬着大明国旗的船队却云帆高张，昼夜星驰，涉波狂澜，若履通衢[1]。大明的国威，就这样在一次次远航中传向世界。

此外，他还命人编纂《永乐大典》，完善了科举制度，组建禁卫京师三大营……朱棣的功绩不胜枚举。他没有辜负明太祖的期待[2]，也的确如自己承诺的，开创了一个从古至今前所未有的盛世！

"雄武之略，同符高祖。六师屡出，漠北尘清。至其季年，威德遐被，四方宾服，受朝命入贡者殆三十国。幅员之广，远迈汉唐。成功骏烈，卓乎盛矣。"[3]

可惜，没有什么会永远高悬不落。

宣德十年，朱祁镇继位，这位小皇帝坐上王位时才九岁。

一开始朝廷有太皇太后张氏与三杨佐政，他们安定边防，整顿吏治，一切都欣欣向荣。不过随着他长大，张氏与三杨接连离世，导致宦官王振大肆揽权。

在朱祁镇的极度信任下，王振撤掉朱元璋留下的敕命铁牌，甚至成了举朝的"翁父"。而那枚铁牌上面明晃晃写着：禁止宦官干政。

而此时，漠北的蒙古部已经蛰伏休养了几十年，正静待时机，等待扑上来咬穿大明的喉咙。朝臣三番五次上奏提醒明英宗增加军备，提防瓦剌，却都被王振驳回。

胡人知道，时候到了。他们再次跨过长城，踏上明朝的疆土。

朱祁镇集结了五十万大军，学着先祖的模样御驾亲征。可惜粮草不足，加上王振的错误指挥，大军在土木堡全部覆没，朱祁镇也成了战俘。

瓦剌军更加势如破竹地打进了北京城。

朝廷上下严阵以待，朱祁钰临危上位，于谦都督各营兵马，二十二万大军分守京城九门。此时所有人都知道，这一仗若败了，便是亡国。

大战一触即发。

---

1 出自《天妃灵应之记》碑文。

2 《明史纪事本末·卷十》："朕诸子独汝才智，秦、晋已蔽，系汝为长，攘外安内，非汝其谁……"

3 出自《明史·成祖本纪》。

面对来势汹汹的瓦剌，明军顽强抵抗，死守城门。经过七天七夜的浴血奋战，瓦剌退兵，北京保卫战胜利。虽然这一次明廷顺利度过了危机，可大厦将倾，一切都只是开始。

正统十四年，朱见深继位。

经过土木堡之战，明朝的弱点已经尽数暴露在各方蛮夷面前。

因明朝在辽东势力不断减弱，女真族虎视眈眈，常在边境发动侵袭。朱见深曾两次对其出兵，不过并未捣毁全族。遗留下来的女真部落，被努尔哈赤在此基础上扩张统一，变成了与明朝分庭抗礼的后金。

而后金，便是将明朝取而代之的大清。

历史的巨轮轰隆碾过，冥冥中，一切似乎都有定数。

时间很快就来到了明朝晚期。期间明朝经历过开创"弘治中兴"的朱祐樘；喜爱玩乐亡于捕鱼的朱厚照；促发了资本主义却半途而废的朱翊钧；任用宦官、沉溺修仙的朱由校……此时，这个国家已经千疮百孔，病入膏肓。

"吾弟当为尧舜。"朱由校临终前叫来朱由检，语重心长叮嘱完，便把烂摊子一扔，一命呜呼归西了。

朱由检面对的是什么？

国库空虚，百姓食不果腹，魏忠贤爪牙遍布全国，朝廷内恶性党争严重，关外后金势力庞大。

要抵御外敌，就得提高税收才能有钱打仗。当朱由检终于除掉魏党这一祸害，重启东林党后，代表富绅利益的他们取消了工商税，这也就意味着赋税尽数落到农民身上。后世的我们知道，那时正值气候骤变的小冰河期，而对于当时的大明来说无异雪上加霜，举国旱蝗相继、天灾频发，以致内外忧患加剧。

在这种天灾下，田赋加派依旧不减，于是百姓揭竿而起，一时杀声震天。

棋局，成了死局。

"皇上，杜勋求见。"大殿灯火通明，崇祯穿戴整齐，看着宫墙外连天的烈火浓烟。下人来报后，他轻轻点了点头。

"你不是在宣城投了反贼？"

"皇上英明，什么都逃不过您慧眼。"杜勋熟稔地溜须拍马，"咱家这次来是带了顺王的意思，只要让他割据西北，独立称王，您还能当您的皇上。"杜勋切切劝说着，合作一旦达成，他就是最大的功臣。

"大势所趋，您同意了吧。"

"轰——"一声炮响。

"大势所趋……"崇祯笑了。

就像当年太祖爷朱元璋建立明朝，现在李自成的崛起是必然，毕竟一切都符合历史的发展，一方衰落一方兴。

现如今他崇祯再努力，也救不活这座日薄西山的王朝了。可他回忆着杜勋的话，却忍不住笑这阉人浅薄。这所趋的"大势"究竟是什么？难道是他李自成占领北京，将自己取而代之吗？

不。是背后坐收渔翁之利的后金，将取代明朝的是异族，蛮夷将重新占领中华大地。

而当他再想到，或许这阉人和朝廷上那些不愿为国捐金的大臣们是一个心理——哪族当主子无所谓，他们捂好腰包，当好奴才就行了，崇祯终于红着眼圈，扯出抹苦笑来。

"轰——"炮火一夜未停，东方既白。

杜勋还在等着消息，但崇祯面色恢复了平静，背过身去说了几个字。又是几声炮火响起，伴着火红日出，天边升起一朵朵灰色的云。土块尘埃纷扬落下，飘飘洒洒飞进了皇宫。

杜勋已经离开了，没人知道崇祯和他说了什么，唯有正阳门外叫嚣进入的敌军，印证着顺王好像没能得到想要的回答。

大明的故事已经到了尾声，所以行到此处，归根结底……到底有什么地方不一样？

史书在岁月里一页页翻过，一阵风吹来，书页回到了最开始……

故事似乎有遗落的地方。

当年北宋签下屈辱条约，割地赔款，为和平送去王公女儿。

明太祖朱元璋建国后，除了起兵肃清元军势力，还收复了已经割让四百年的幽云十六州。那些艰苦卓绝的仗，他咬着牙打下来了，因为他知道，这些是蹈锋饮血的立族之战，他要告诉天下——

"现在是大明！"

"我大明不和亲，不赔款、不割地、不纳贡！"

明成祖朱棣迁都北京为了什么？当时群臣反对，因为比起旧都南京，那里离要塞山海关太近，外族一旦发起进攻，便可直逼明廷。

朱棣拍案怒喝："何故迁都？"

"天子当守国门！"

北京保卫战打赢了，怎么赢的？

临危受命的明代宗朱祁钰愿与国玉碎，将士有盔甲者不足十分之一，于谦身先士卒去了最难的德胜门，号全军共同听令——

"各将领头目退缩者，斩！有铠甲不出城迎战者，斩！"

战士出城后，城门立关。二十二万人为守住北京，破釜沉舟，背城而战！

彰义门将领武兴中流矢而死，明军败退，瓦剌军追至土城。当地百姓为掩护士兵撤退，拿起镐头扁担顽强反抗敌军，直到支援到来。至于女真，他们后来的确卷土重来了，可大明曾做过怎样的努力？

当时女真击杀了指挥使邓佐，明宪宗朱见深雷霆大怒，亲下讨伐诏令——"捣其巢穴，绝其种类！"

两次出击，女真几乎被灭族绝种。丁亥之役，为大明续了一百余年的命！

崇祯帝朱由检面对国内残局，"鸡鸣而起，夜分不寐"，批阅奏章"至丙夜不休"，宫中从无宴乐之事。朝廷没有钱打仗，他以身作则节俭，穿着带补丁的衣服，弯下贵为天子的腰，四处向臣子借钱抵御外贼。

直到他再也无力回天，大明气数已尽，才决然说出那句"君王死社稷"。

随后着一身道袍，于景山自缢，衣前御笔血诏——"朕死无面目见祖宗于地下，去朕冠冕，以发覆面，任贼分裂朕尸，勿伤百姓一人。"[1]

"天子守国门，君王死社稷。"

这是明朝的帝王。一个在最初为国守关，一个在最后为国殉葬。

反观其他呢？

二百七十六年前，上一次北京破城的时候，那位元顺帝吓得面如土色，为活命带着三宫后妃与皇太子火速逃出大都。

三百五十六年后，北京再次沦陷。满清统治者慈禧太后与光绪皇帝扔下百姓逃往西安，为迎合八国联军绞杀义和团，签下丧权辱国的条约，谄媚道"量中华之物力，结与国之欢心"。

……

所以，这周而复始的王权更迭到底有什么不一样？

或许唯有"骨气"二字吧。

崇祯的遗愿并没有实现。他薨逝七日后，李自成的农民军四处抄家，抢掠整个北京城。刘宗敏制作了整整五千具夹棍，"木皆生棱，用钉相连，以夹人无不骨碎"；明官、富商不拿出万金者，"再行严比，夹打炮烙，备极惨毒，不死不休"；其余将士皆骄奢淫逸，对百姓随杀随抢，"杀人无虚日，大抵兵丁掠抢民财者也"。

婴儿的啼哭声日日划破长空，百姓人人自危，街道上血流成河。短短四十二天里，李军共计抢白银逾七千万两，屠一千六百余人。

而等到李自成回头再看向清军时，他才发现自己的能力不足以对抗。在清军的猛烈攻势下，他不得不退出京师。

十月，满清王朝统领中国。

可全国各地明朝余将，包括百姓，皆不愿服清政府，都在为那已幻化成泡沫的大明，做着最后的挣扎。

弘光元年，江阴降清。明清两任知县交接职位，清知县方亨循例颁布剃发令。

众人明知故问："发可以不剃吗？"

1　出自《明季北略》。

方亨道："大清律法，不可违背。"

诸生，乡绅，百姓皆纷纷怒骂冷笑："汝身为大明进士，来做鞑靼知县，头戴纱帽，身穿圆领，来做鞑靼知县，可知羞耻？"

方亨离去后，众人明伦堂共同立誓："头可断，发决不可剃！"

不止江阴，各地民众都如此，清廷很快下令文书——"留头不留发，留发不留头"。

方亨命书吏将上面命令写成布告张贴，书吏写至此句，终于也愤然摔笔："就死也罢！"

方亨见状，秘密上报请上级派兵，以求"多杀树威"。义民截获此信后，擒住方亨斩杀清差，江阴正式反抗清廷。

百姓虽有心反抗，但如一盘散沙难以聚力。此时有勇有谋的前典史阎应元站出来，组织起了反抗军。

很快，清政府得知了消息，派清军前来攻城。

城上矢石如雨，清兵驾云梯上城，阎应元率众以长枪刺之，坚守江阴城。乱石纷飞，炮火震天动地，双方死伤惨重。

三日后，前来支援江阴的援军皆败，清军主帅刘良佐以炮攻击北城，彻夜不止。

"我们还能撑多久？"一白发老者问阎应元。

阎应元头发散乱，面上尽是血痕。他看向老人家浑浊的眼睛，不知该如何回答。其实这场困兽之斗结局就摆在眼前，没人愿意接受罢了。

天边启明星微亮，连绵炮声中，城外响起了清军的劝降歌。身后江阴的年轻战士们在短暂包扎着伤口，几日前，他们还是普通百姓，或是拿着书本的诸生。

老人最后看了眼这城，颤颤巍巍地离开了。

"老身……愿降清廷。"他带着降礼，匍匐跪在清军营帐前。

当清军满心欢喜地迎他进入后，老人打开那份"降礼"，眼尾流下两行浊泪，高喝一声："大明永在！"随后点燃了匣子里的火药。

清兵就此折损两千人，阎应元夜间偷袭又令他们伤亡过千。一个小小的江阴久攻不下，清朝亲王多铎闻讯大怒："贝勒博洛，带上你的二十万大军和红衣大炮，三日破城！"

江阴城外，清军如蝗虫扑上，轮番进攻，昼夜不停。就在这种猛烈攻势下，阎应元带着大家又坚守了三天又三天。

八月二十一日，博洛下令二百余座大炮齐发，专打东北城。其火力之猛，树皆截断，地坑数尺，城头危如累卵。

终于，江阴沦陷。

阎应元死后，清军屠城。手无缚鸡之力的女子刚烈高呼："雪胔白骨满疆场，万死孤忠未肯降。寄语行人休掩鼻，活人不及死人香。"[1]

被斩首前的书生挺直脊背："我一介小人，今日得之士大夫之烈，为忠义而死，死之犹生也。"

城内百姓皆抗，无一人顺，就连七岁孩童都英勇赴死。待清军登上东城敌楼，上面赫然提着阎应元绝笔。

"八十日带发效忠，表太祖十七朝人物。十万人同心死义，留大明三百里江山！"[2]

江阴不过是一个缩影。扬州十日，嘉定三屠……处处尸山血海染红了中华大地。或许满清也没有想到，明朝遗民们，竟愿用生命为故国尽忠。

大明，这是最后一个由汉人建立的封建王朝。

从让元军闻风丧胆的开国名将常遇春，到戎马一生死在鞑靼战场上的李如松，再到"封侯非我意，但愿海波平"的抗倭名将戚继光……

明朝之所以难忘，皆因它昭昭江山里，上至帝王将领，下至平民百姓，从不缺之死靡它的骨气。随着南明覆灭，最后一丝余晖落下，大明陷入永寂。盛哉壮哉的日月山河，难逃凋零。

可在那深不见底的黑暗中，白灰枯骨的历史烟尘下，满清看不到的地方，却始终有一团东西炽热烧着。

是残存的明朝政权吗？

不不不。

那是一团没有实体的存在。看似微小，却有着无尽的力量。满清与列强刀砍不碎，

1　出自《题江阴城墙》。

2　阎应元《典史祠联》。

也夺不走。

多少年后，在清政府软弱无能的统治下，八国联军烧杀掳掠，肆意横行。有识之士们为拯救祖国，纷纷发动革命，振聋发聩地怒吼："驱除鞑虏，恢复中华！"

恍然间，人们似乎又看见了明太祖朱元璋冲锋陷阵的身影。他身骑战马，跨越了整整五百年岁月，在漫天黄沙中破敌而来，再次坚定无畏地与华夏站在一起。

所以这团东西是什么？

那是我铮铮大明，留给子孙万代不死不灭的风骨。

——中华，永不为奴！

彼黍离离，彼稷之苗。行迈靡靡，中心摇摇。知我者，谓我心忧；
不知我者，谓我何求。悠悠苍天，此何人哉？彼黍离离，彼稷之穗。
行迈靡靡，中心如醉。知我者，谓我心忧；不知我者，谓我何求。
悠悠苍天，此何人哉？彼黍离离，彼稷之实。行迈靡靡，中心如噎。
知我者，谓我心忧；不知我者，谓我何求。悠悠苍天，此何人哉？

——先秦·诗经·国风·王风《黍离》

浮云朝露

FU YUN
ZHAO LU

第二卷

欲买桂花同载酒
终不似、少年游

LI SHI DE
YI HAN
文 拂罗

倘若你问陈王，那年的黄雀可曾悄然飞回少年的梦里？

拔剑捎罗网，黄雀得飞飞。飞飞摩苍天，来下谢少年。[1]

少年岁月，对于建安二十二年以后的曹植来讲，是纵酒高歌时才敢追忆的西园清夜，是父亲尚未失望透顶的目光。

多年前，他拔剑放走一只受困的黄雀，多年后，他听见黄雀在建安深雪里声声哀鸣。

世上从此再没有建安风骨，没有兄弟携手游西园的自在，史书上多了一位深沉孤独的魏文帝，而那位自我流放的悲情才子，没能再邂逅他此生魂牵梦萦的洛神。

花有重开的那日，我们却再回不到年少啊，兄长。

倘若你问骠骑将军，本该灿若骄阳的生命怎甘溘然长逝？

四夷既护，诸夏康兮。国家安宁，乐无央兮。[2]

少年记忆，对于二十四岁的霍去病来讲其实并不遥远，他还清晰地记得第一次杀敌时的快意，记得第一次凯旋时震响长安的欢呼声。

孰知不向边庭苦，纵死犹闻侠骨香。[3]

他是屡战屡胜的英雄少年，却未能施展出生命里全部的锋芒，就仓促病逝于青史某页，一生太短太短，甚至来不及在史书里占据太长的记载篇章。

天才如同流星陨落，与这世间擦肩一瞬，便教世人永不能忘，从此铭记好多个千年。

倘若你问子安，忧郁的诗才何故早早没入汹涌的海水？

寂寞离亭掩，江山此夜寒。[4]

少年时代，对于二十六岁的王勃来讲，是文不加点的才思泉涌，是望尽长安的

1　曹植《野田黄雀行》。

2　《琴歌》，传闻为霍去病所作。

3　王维《少年行四首》。

4　王勃《江亭月夜送别二首》。

春风得意，也是亲手斩断自己命运气数的利刃锋芒。

落霞孤鹜仍在水天一色中齐飞，滕王高阁仍然临江伫立，高宗三叹犹在传说里回响，放眼大唐却再看不见那位早逝的书生。从长安寻到虔州，再从洛阳辗转南海，他的身影成了滔滔风浪里千年的谜团，或许真如诗里所讲，失踪是天才们唯一的下场。

阁中帝子今何在？槛外长江空自流。[1]

倘若你问梦阮，诗酒纨绔的生涯可否从头再细细忆来？

一朝春尽红颜老，花落人亡两不知。[2]

少年时分，对于四十八岁困顿而亡的曹雪芹来讲，是再回不去的秦淮残梦，是家中难忘的消闲日月，是追忆年华时的满纸荒唐言。

曹家曾有着烈火烹油、鲜花着锦的富贵，在少年曹霑眼中，女儿家皆是水做的骨肉，陪他低吟悄唱，陪他拆字猜枚。直至多年以后，高楼坍塌宾客四散，红颜化作白骨骷髅，曾经的纨绔少年幡然醒悟，他捉笔著书，披阅十载，增删五回，终成一句——

千红一哭，万艳同悲。[3]

当你从滚滚的朝代烟尘中走出，一路披星戴月地赶赴少年们的故事时，隐约听见此地有云雀啁啾、山风猎猎。

仰头看，天地不再是荒原，这里是属于天才们的理想国。

一只鸟儿飞过碧空，为你捎来少年们曾经的消息。一年又一年的新雪，倘若来年开春再遇不到那些神采飞扬的身影，那便趁着光阴翻篇以前，来故事里坐坐吧。

远山长，云山乱，晓山青。[4]

在文字里，总会有那么一行段落，定格着他们最美好的时光。

1　王勃《滕王阁序》。

2　曹雪芹《葬花吟》。

3　曹雪芹《红楼梦》。

4　苏轼《行香子·过七里濑》。

曹植

LI SHI DE YI HAN

文 房昊

人居一世间
忽若风吹尘

LI SHI DE YI HAN · CAO ZHI

早春四月如梦，洛水梨花正浓，远处白云西来，一支长长的车队恰自云外向东。

车队正中的马车里，忽然有一只洁白修长的手伸出车帘。这只手如玉似月，手指托着的那方砚台，又浓得像化不开的夜色，黑白分明。只听得车中人一声长叹，上好的松烟墨就被他倾洒在了洛水河岸上。

人居一世间，忽若风吹尘。[1]

那声叹息里夹杂着外人难以明了的风霜，车帘彻底掀开，露出一张风华绝代，却满目疲惫的脸庞。

无论什么锦绣文章都信手拈来的他，屡经坎坷，挥别轻狂，再提笔，竟也一时无言。再无梦想可追溯，再无岁月可回头，身为王侯，今后也只剩余生。

"公子。"

那人依稀听到有人在喊他，他四顾望去，却只见到茫茫的水雾。

"子建公子！"

又是一声呼唤，宛如从洛水深处探出，重新点燃许多年前的记忆。

曹植放眼丈量浩荡洛水，终于从朦朦胧胧的水雾里见到了一个影子，那道影子越来越近，走出虚与实的界限，来到光与影的天地，如轻云之蔽月，如流风之回雪。

曹植"哈"地一笑，两行泪毫无征兆突兀地从他的脸上滴落。

身边的侍女又担心又疑惑："鄄城王，您怎么啦？"

曹植轻轻擦掉颊边的泪，摇头笑道："没怎么，见到了洛水之神，被美哭了。"

侍女一头雾水，也探出头去看，却什么都看不着。

其实如轻云之蔽月，如流风之回雪的，从来不是什么洛神，也不是什么甄宓，是曹植早早凋零的年华，是他走向破碎的梦想，是他再也追不回的少年时代。

黄初三年，曹植被封为鄄城王，行经洛水[2]，回想起从前种种，譬如昨日死。

1　曹植《薤露》。

2　《洛神赋》："黄初三年，余朝京师，还济洛川。"

曹植出生后的那几年，貂蝉拜月，吕布掷戟，不可一世的董卓死在长安城中。曹植一家在这场乱世里东奔西走，流离在烽火之下，触目所及，尽是刀光剑影。

没人留意到，这个天降的才子，正一点点长大。

直到曹植八九岁时，曹操在官渡之战中取胜，才算真正安定下来。

又过几年，袁绍病死，曹操就更加从容，走在自家后宅里，还有空检查几个孩子的功课。当曹操看到曹植的功课时，整个人不由一呆，眨眨眼，瞅瞅帛书上的文章又瞅瞅十岁出头的小曹植，满脸都是不敢置信。

没别的，写太好了。曹操向来多疑，当场凝眸看过去："你小子找人代笔了？"

这是沙场上滚出来的眼神，尸山血海压过来，不知多少将领受不住曹操这等目光，可曹植站得笔直，迎上这道目光，宛如青松刺破斜阳。

曹植哂然道："言出为论，下笔成章，爹可当面试我，看我是否找人代笔。"[1]

曹操挑了挑眉，跟身边人笑道："这小子脾气还挺大。"

恰好铜雀台没两天就完工了，曹操顺便把曹植也带去了，让他看看铜雀台，回头写篇赋文。

曹植轻笑一声。

曹操："怎么，不是你让我试的吗，你不敢？"

曹植笑道："铜雀台赋，何必回头再写？"

当着文武群臣的面，曹植洋洋洒洒，挥毫就写。同行的也有不少年轻学士和资深文臣，这会儿互相目光示意，偷偷交流。

"二公子还是太年轻了，一篇赋文，焉能这么容易写出来？"

"二公子狂傲，非丞相之福。"

只是这些声音，随着曹植笔走龙蛇、口吟长赋，渐渐都小了下去。

---

1 《三国志·魏书·陈思王传》："年十岁余，诵读《诗》《论》及辞赋数十万言，善属文。太祖尝视其文，谓植曰：'汝倩人邪？'植跪曰：'言出为论，下笔成章，顾当面试，奈何倩人？'时邺铜雀台新成，太祖悉将诸子登台，使各为赋。植援笔立成，可观，太祖甚异之。"

从明后而嬉游兮，登层台以娱情。

见太府之广开兮，观圣德之所营。

……

扬仁化于内兮，尽肃恭于上京。

惟桓文之为盛兮，岂足方乎圣明！

休矣美矣！惠泽远扬。

翼佐我皇家兮，宁彼四方。

同天地之规量兮，齐日月之晖光。

永贵尊而无极兮，等年寿于东王！[1]

文罢落笔，全场鸦雀无声。这真的只有十来岁？

沉寂片刻后，曹操拊掌大笑，笑声响彻铜雀台："真天纵之才！"

—— 02 ——

随后的很多年里，曹操征战四方都会带着曹植。

曹植跟曹操一起东临沧海的时候，曹操指着偌大的江山说："以后你爹我老了，死了，这些地方你都要守好它。"

曹植重重点头。

曹操带他北出玄塞，要去痛击胡虏的时候，曹植已经十六岁了，经过太多耳濡目染，他也已经懂了许多经世济民的学问。

铁一样的北风吹过曹植的鼻间，吹起他黑色的长发跟如玉的面庞，他闻到风里血的味道。

曹植问自己的父亲："如今天下不太平，诸侯这么多，为什么还要去北方打胡人？九死一生，真的值得吗？"

曹操摸着他的脑袋，眼神慈爱，声音却雄阔有力："你要记住，这片土地上曾经存在过一个名叫大汉的灵魂，所有的人心都聚拢在它的身畔。我曾经见过它扬威万里，

---

1 曹植《铜雀台赋》。

即便日后这个灵魂再也无法复活，我们也要把它的气魄继承下去。"

年少的曹植只觉心头火烧，他握紧了自己的剑，望着曹操的背影大声说好。

所谓"捐躯赴国难，视死忽如归"[1]。

那些年里，曹植看到了曹操身上的英雄梦想，看到了曹操的不拘小节，也看到了曹操慷慨作歌的纵横气概。所以当人人都为曹植天纵其才的文章叫好时，曹植却亲手丢掉了笔墨。

曹植笑着对所有人说："吾虽薄德……犹庶几勠力上国，流惠下民，建永世之业，流金石之功，岂徒以翰墨为功绩，辞讼为君子哉？"[2]

英雄事业，当然要做，天下江山，舍我其谁？

那可是曹操让曹植留守邺城时亲口暗示的，说当年他为顿丘令时，才二十三，思此时所行，无悔于今。今曹植年亦二十三矣，可不勉与？[3]

二十三岁的曹植振奋起来，当然要勉力夺嫡！

————03————

夏日，正蝉鸣。

今日是曹植和当时的名士邯郸淳约好会面的日子。

邯郸淳刚到曹植家里时，后院有潺潺水声，侍女引他落座，笑道："公子正在沐浴，还请先生稍待。"

邯郸淳正喝着茶呢，曹植就大咧咧走出来了。刚洗完澡，曹植随手披了件衣服，略涂脂粉，哈哈大笑，赤裸胸膛，就这么大步流星旁若无人地走了出来。

邯郸淳一口茶水喷了出去。

曹植还在笑，他说："先生你不要紧张，我来给你跳段舞，轻松轻松。"

邯郸淳张大了嘴，不知道是自己不对劲还是曹植不对劲。

1　曹植《白马篇》。

2　曹植《与杨德祖书》。

3　曹操《诫子植》。

一曲奏响，曹植跳得酣畅淋漓，举手投足皆挥洒至极，宛如呼应天地，叫人看了他的身姿力量，无不觉得美好。舞罢，曹植像是没尽兴，又拿出一堆丸铃短剑，表演起了高难度杂技。

当这段表演完成的时候，邯郸淳已经瞠目结舌，不知道这位侯爷到底想干吗。等曹植擦了擦汗，邯郸淳以为终于可以进入会谈的节奏了。

没有，并没有。

曹植开始 45 度角仰望天空，目光悠远，神采激昂。他来了段数千字的台词独白，慷慨激昂，沉郁悲痛，把民间的小故事讲得比说书还令人感动。

邯郸淳一脸茫然：我是谁，我在哪儿，我要干什么？

事毕，曹植笑着对邯郸淳道："先生看我如何啊？"

邯郸淳勉强一笑："公子你不错，很不错。"

曹植哈哈大笑，拱手施礼道："先生稍待，等我更衣，再与先生长谈。"

当曹植再次站在邯郸淳面前的时候，已经衣冠楚楚，贵不可言。他淡淡一笑，都能透露出青松明月般的气质。一动一静之间，把邯郸淳给看恍惚了。

而曹植从古道今，论名臣优劣，又说古今文章官制，甚至连沙场用兵都信手拈来，与邯郸淳聊得有来有回。邯郸淳激动得一拍大腿："今日方见人中日月！"

当邯郸淳回过神来的时候，天色已经黑了，他告罪要离开，被曹植笑着拦下。

曹植道："我已经让后厨做好饭了，我料定你舍不得走，必会跟我畅谈至日暮。来，先生且坐，我们喝酒吃肉，继续谈古论今。"

邯郸淳短暂地挣扎了片刻，对上曹植那双亮晶晶的眼，当即放弃了。

来！谈！谈他个大好河山！

邯郸淳回去后，逢人就说子建公子宛如天人。只有曹丕蹲在五官中郎将衙门里，满脸写着幽怨，心想明明我才是先来的，怎么去了一趟子建那儿，你就跑了呢？

没办法，少年曹植往那一站，丰神俊朗，青松明月，自然卓尔不凡。

04

曹植不仅讨身边友人的喜欢，和自己哥哥曹丕也感情甚笃。

"阿植，女倡兮容与，春兰兮秋菊，长无绝兮终古，作何解呀？"曹丕坐在树下，捧着一卷楚辞，遍观府内，也只有弟弟曹植可以跟自己谈玄论文。

曹植眉头一扬，细碎的日光落进他的眸子，随着他笑意浮起，又变成肆无忌惮的才华。他笑道："无非是以香草美人，代指明君贤臣，屈子求而不得，故发哀怨，这不是第一等的意象，我是不会学的。"

曹丕笑着摇头，树影斑驳映在他脸上，显得那张好看的脸有些阴翳。

曹丕道："阿植以为，第一等的意象该是什么？"

曹植的目光更亮，一双手臂高高挥起："当然是父亲的生民百遗一，念之断人肠，是父亲东临碣石，以观沧海……恢弘壮阔，大丈夫当如是！"

夏日的午后，曹丕跟曹植常有这样的对谈，他们有时相视一笑，有时又会争论不休。当时年少，两兄弟都有一种幻想，以为这样的日子会天长地久。

这是两个不同的天才，曹丕过目不忘，剑术不凡，他读书的时候喜欢曹植，练剑的时候喜欢曹彰。

曹彰从小就虎头虎脑，打起架来不知道什么叫点到为止，次次都莽。曹丕没少跟曹彰过招，也没少被曹彰打。只是他被打了也从来不恼，只爬起来淡淡地笑，尤其在哥哥曹昂死后，曹丕虽然才十岁，但已经有一种要照顾好这些弟弟的觉悟。

当初曹彰在外边打了胜仗，得意扬扬回到府里，叫人搬来好酒，要跟曹丕彻夜痛饮。

暮色四合，晚霞如刀光一样横陈在天边，已经不那么爱笑的曹丕却摇头拒绝了。

曹彰皱起眉头道："哥，你不替我开心吗？"

曹丕道："我只是不想你太骄傲，父王不喜欢你这样。"

曹彰冷笑一声，转身就走，曹丕站在他身后想叫住他，却只是徒劳地伸了伸手，暮色便彻底将他淹没了。

那天晚上，曹植跟曹彰大醉到天明。曹植向来不在乎礼法，也不特地去讨谁的喜欢，他想喝酒就喝酒，想作诗就作诗，跟曹彰抱在一起，舞槊庆贺。

这些笑声传到曹操耳中，曹操也不由大笑，顾左右道："少年当如此……唯独子桓，心思太重。"

从那以后，曹丕似乎就永远停在黑夜里了。

贱妾茕茕守空房，忧来思君不敢忘，不觉泪下沾衣裳。[1]

05

曹植与曹丕逐渐长大，但曹操却迟迟未下决定立谁为世子。兄弟俩为了世子之位，各召谋士，明争暗斗，都想抓住彼此的把柄。

"五官中郎将败局已定！"

已成为临淄侯的曹植府中，酒香正浓，云外的阳光也尚好，金灿灿的，照府中花鸟流水，也照在曹植对面的好友杨修身上。

曹植举杯笑道："如何败局已定？"

杨修指着自己，笑道："这段时日，我为你打探朝政，王上但有所问你都能对答如流，你本就比子桓公子要强，更何况今日我还窥见了子桓公子在马车里跟大臣密谋。我的人已经去禀告王上了，这杯酒喝完，五官中郎将就要彻底败了。"

杨修很开心，曹植倒有些唏嘘，他望了一会儿天，认真道："我会好好待二哥的。"

没想到当曹操亲自赶到现场，去查曹丕那辆车的时候，才发现里边半个人都没有。望着空荡荡的车厢，曹丕跪在地上就哭："杨修此人，离间我兄弟情义，仿佛天底下只有他一个忠臣。他倒是忠于子建了，把丞相府里的什么机密都告诉子建，可儿臣也并非不忠不义之辈啊，还望父王明察！"

曹操的瞳孔有一瞬间的凝固："原来子建才思敏捷，都是杨修这狗东西透的题啊！"

曹操一转身，脸色已如铁，内心千思百转，只丢下一句"下不为例"，仿佛把此事轻轻揭过了。

曹丕擦干泪，面无表情。其实藏在车里，跟大臣有来往，都是真的，可被杨修知道后，曹丕很快就布下了这个局反污杨修。

1　曹丕《燕歌行二首·其一》。

从这天开始，人生至此都是春天的曹植，终于也见到了秋风萧瑟、草木零落。

公元 217 年，曹操立曹丕为世子。公元 219 年，杨修被军法问斩。

只剩下天纵的才情，还在影响曹操心里的天平。直到曹植夜闯司马门。

人们总是会提高对天才的容忍程度，所以即使曹植夜半醉酒，踏马入宫门，走了只有帝王才能走的驰道，也不是没有周旋的余地。

司马门事件之后，曹植酗酒，没什么大用了，但曹操还是想给他机会。

这让曹植对自己的处境产生了些错误的判断，仍旧时不时醉酒狂歌，朋友也劝过他，说你是不是应该收敛一些？

曹植抬起了头，笑容里带着三分天真，三分自负，他道："如何收敛？父王喜爱的就是我天纵其才，就是我不受礼法拘束，倘若我一举一动都循礼，凡事都多想三分，那我岂不就成了我哥？"

朋友望着曹植，像是在看一个永远光芒万丈、永远英气勃勃的少年。

只可惜这样的少年，终究会被这个天下所误。

那年大军败北，曹操还想过让曹植去前线坐镇。然而军情传到的那天，曹植又与朋友们喝得大醉，没接收这道军令，延误了救援曹仁的时机。

酒醒后曹植才意识到，这个天下英雄辈出，原来天才并不意味着能弹指定江山。可惜当他明白这个道理的时候，已经来不及挽回了。

自从他的哥哥成为世子，他的父亲再没有给他半分温暖，连他的妻子都被他父亲赐死，他身边的朋友死的死，贬的贬，仿佛万千繁华都是幻梦。

曹植望着天，陷入了一场永远都醒不过来的醉梦里。

·······06·······

洛水的神女已经彻底沉没了，曾经的张扬自负，也再没出现在曹植的身上。

曹操刚刚病逝时，曹彰来见过曹植一次，兄弟两人都披麻戴孝，他们再没有办法像从前一样举杯大醉。举目相对，唯有悲哀与孤愤。

曹彰道："二哥心思深沉，若让他继位，日后你我的下场……三哥你若有意，我这里还有诸多兵马，能助你一争王位。"

风中传来远方萧条的哭声，曹植望天长叹："我们胜不了的。"

曹彰直起身子，逼问道："万一呢？"

曹植摇头叹息，那张风华绝代的脸，向来指点江山充满力度的手，此刻都颓然起来，他淡淡道："即便胜了又能如何呢，中原大乱，父亲一世基业，就要毁在你我的手中吗？"

曹彰沉吟片刻，还是不甘："那若有一日你被他下狱问斩……"

曹植还在看着远方。

远方云来云去，编织成不同的样子，像极了自己从前的旧梦。旧梦还未死尽，从前不拘礼法的少年，在时过境迁以后，终于明白了天下为先我为后的道理。

他不再叹气，只道："太息将何为，天命与我违。"[1]

"就死也罢。"

几年以后，曹彰进京见曹丕时病发暴毙，无数官员捕风捉影，认为此事与曹植有关，欲治罪于曹植。

那年大殿上，兄弟已成君臣，曹植望着曹丕的双眼，依稀在里边捕捉到了痛苦的痕迹。

隔着久远的时光，曹植又想起多年前的夏日：是啊，子桓也是个名士文人啊，他的朋友生前喜欢听驴鸣，他在朋友的葬礼上学驴叫为其送行；他也曾是个剑客，用甘蔗战胜过将军的剑。他本该跟我一样放荡不羁，但他坐上天子之位，就只能是天子，连哥哥都做不成，何况其他呢？

那年曹植进京，两兄弟遥遥相望，各自垂泪。

时代的大幕已经落下，过去的壮志也好，繁华也罢，都在腥风血雨之中消失了。

还剩下淡淡的兄弟情义，也无法宣之于口了。或许在九泉之下，曹丕会在那边等他，备葡萄美酒，诗文词赋。只是这一切，终究都化作泡影了。

1　曹植《赠白马王彪·并序》。

翩若惊鸿，婉若游龙，飘飘兮若流风之回雪……美好的洛神，像是曹植求而不得的昔日壮志，永追不回的昨日少年，如今皆付后人谈笑中了。

魏文帝曹丕在生命的最后几年，发起过一次无疾而终的战争，大张旗鼓起兵，却又半路而回。只在班师回朝的路上，经过了曹植的封地，他去见了弟弟最后一面，为他增户五百。

次年，曹丕病逝，曹植痛哭。

欲买桂花同载酒，终不似，少年游。[1]

1　刘过《唐多令·芦叶满汀洲》。

霍去病

LI SHI DE
YI HAN

文
顾闪闪

孰知不向边庭苦
纵死犹闻侠骨香

十几岁的霍光奔跑在一派肃杀澄明的秋意里，心头却满是热烈的喜悦。

厚厚的落叶被他踩碎在靴下，微风掀动着他的锦袍，天高气爽，碧空如洗，这个平日里谨慎寡言的少年鲜少露出如此活泼的神情。在家仆们的一片惊呼和人仰马翻中，他穿过一切奔向前方，像所有迎接远行兄长的幼弟那般，雀跃得嘴角几乎压不住。

匈奴人被打败了吗？

这次兄长可以在家中住久一点吗？

待会儿见面，兄长也会像他一样，有许多许多话想对自己说吗？

重逢的场面在脑海中预演了太久，期待仿佛有了实质。上一次匆匆分别，有太多事来不及做，这一回，他定要央求兄长将百步穿杨的箭法教给自己，他定要与兄长在庭院中忘情蹴鞠，他定要投入兄长的怀中，把那个英勇无双的骠骑将军重重地撞个趔趄！

然而下一瞬，霍光的笑容凝固在了脸上——

比霍去病更早回来的，是他病亡的噩耗。数万身着银灰色铠甲的将士如风涛一样，将他的棺椁从北境簇拥到都城。

这位意气峥嵘的少年将军，终究是没能逃脱马革裹尸的宿命。

可这一切来得太早，也太急了一些。

他走得那样快，仿佛忙不迭地赶回天际去，将扼腕痛惜的君王、面色沉重的长辈、无声哭泣的幼弟都远远地抛在了身后。

一场霜寒时节的掠地秋风，摇落了大汉王朝最亮的一颗星星。

------ 01 ------

霍光和霍去病并非生来就是亲兄弟。

天才将星霍去病的诞生，肇始于他们父亲的一次轻佻的留情。当时，在外出差的平阳县小吏霍仲孺邂逅了平阳侯府的女奴卫少儿，倾慕于卫氏一脉相承的动人容貌，双方天雷勾动地火，在经历了一段短暂的露水情缘后，便并无留恋地各自分飞。

他们只是生活在汉朝底层的一对男女，这种事在当时也屡见不鲜。虽说不新鲜，但到底也不光彩，所以不管是霍仲孺还是卫少儿，都在极力遮掩此事。

霍去病便诞生在这样的不光彩里。

我们无从得知，面对这个本不应该出生的孩子，这对年轻男女作何心情，是否都曾暗暗想过，要是这个孩子没有来到这个世上就好了。但查阅史书，我们可以清楚地看到两人之后的生活轨迹——霍仲孺在平阳公主府的公务结束后，便抛下卫少儿母子，干脆地回到了家中，照常娶妻生子，从此与他们音信断绝；而卫少儿则带着孩子，嫁给了太子詹事陈掌为妻。

从天而降的将星不幸抽中了地狱开局，幸运的是，命运在此时发生了重大转机。

上天到底没有薄待这个被父亲抛弃的孩子，就在霍去病出生一年后，他的姨母卫子夫成了汉武帝刘彻的宠妃，后来更是一跃取代陈阿娇，成为了大汉帝国的皇后。或许是爱屋及乌，这位沉浸在爱河中的帝王待卫子夫的兄弟姐妹都极好，连带着小小的霍去病也从破旧的襁褓里，被抱到了锦绣丛中，成了旁人口中的"贵幸之子"。

从霍去病的名字就能看出，他是在爱和期待里长大的。

私生子的身份并没有让他受到多少歧视，相反，在旁人看来，霍去病是令人艳羡都来不及的天之骄子。

这个年纪轻轻便被封为天子侍中的少年，眼中永远闪着潇洒恣意的光。在一片叫好声中，他夹紧马腹，搭弓上弦，以惊人的命中率接连射中猎物，自由得犹如猎场上一阵飞驰而过的风。骑射于他而言，是轻而易举的游戏，皇子王侯对他来说，都是亲密的玩伴，就连雄才大略的汉武帝，在他眼中也不过是有些啰唆的小姨父。

在霍去病还是个毛头小子的时候，汉武帝就曾提过，想亲自教授他孙武、吴起的兵法。且不说刘彻老师教学水平如何，光是帝王做老师这一条，便是何等的荣耀？若换作旁人，怕是只恐谢恩姿势不够标准，学习态度不够端正，但霍去病却微微一笑，轻飘飘地放出了一句尾巴翘上天的狂言：

"顾方略何如耳，不至学古兵法。"[1]

在霍去病眼里，行军打仗这种事，根据军情制定方略就好了，巴巴地学那些死

1　出自《汉书·霍去病传》。

人写的兵法，有什么意思？古往今来，哪怕最卓越的军事家，也要从最基础的兵法开始入门，这就好比你连打坐都不会，谈什么飞升成仙？但霍去病偏偏不信这个理，航空航天大学的录取通知书送到家了，他翻都不翻，往垃圾桶里轻轻一抛，道一句不就是火箭吗？小爷上手就能造。

这谁听了不得说一句离谱？

在场文武近臣们听得汗毛都竖起来了，一方面是被小祖宗的不知天高地厚惊到了，另一方面也担心霍去病说话不谨慎，伤到汉武帝的面子，触到帝王逆鳞，那后果真是不堪设想。

汉武帝也愣了半晌，倒也没有生什么气，只是轻笑了一声，而后拍拍霍去病的头，宽宏大量道："少年，玩去吧！"教兵法的事，此后也再没有提起了。

这便是霍去病，当他自己不感兴趣的时候，连皇帝亲授兵法，他都不屑于学上一学；可当他下定决心要大展拳脚的时候，整个天下都要为他俯首让步。

少年意气，莫盛于此。

于是元朔六年春，十八岁的霍去病带着满腔的壮志豪情，跟随他的舅舅——整个王朝最能打的大将军卫青，第一次踏上了漠南战场。

———02———

不难想见，霍去病此次出征多半是主动请缨，彼时汉武帝看着朝堂上这个目光坚定的少年，心情也必然是有些矛盾的。

看到霍去病有报效国家、征战沙场的志向，汉武帝自然非常欣慰，但年轻人做事冒进，作为疼爱他的长辈，他也不得不多做考虑。战场不比上林苑，凶悍的匈奴人也不是随他围猎的走兽飞禽，霍去病从未见识过血肉横飞的交战场面，自小长于宫闱的他，甚至没有经历过风餐露宿，没有经受过丁点苦寒风霜。他的确有着过人的自信，但他的自信和勇气来源于想象，而现实往往过于残酷。

难道真的让他去做前锋和匈奴人拼杀吗？这是他亲手养大的孩子，汉武帝舍不得。

于是思虑再三后，他给霍去病封了个剽姚校尉的名头，又派给他八百精骑傍身，名为部下，实为保镖，就当是给孩子报了个"军事夏令营"，让他去真正的战场上体验一番，顺便在部队基层刷刷资历，至于立功斩将，来日方长。

照理说，汉武帝部署得已经足够稳妥，但十七八岁的少年熊就熊在，你永远不知道在离开你视线的下一秒，他会做出什么让所有人焦头烂额的事情。

怕啥来啥。

战争才刚刚开始，霍去病就丢了。

是的，丢了，这个丢法还十分匪夷所思。在霍去病人间蒸发前，他并没有接收到任何一位长官下达的任何一道军事命令，在他的军帐周围，也没有任何遇袭或战斗过的痕迹，霍去病消失得悄无声息，突然到将领们都开始怀疑，这小子是不是半夜被狼叼走了？

当然，得知此事后，在场众人中脸最黑的，还要数此次率众出征的三军统帅——大将军卫青。

卫青之所以如此焦急，并不仅仅因为担心外甥的安危，战场无父子，目无军纪的初生牛犊即便出了什么事，也只能说他是自作自受。卫青担忧的关键在于，不仅霍去病人没了，他麾下那八百精锐骑兵也跟着没了。

如果他们只是被霍去病带走野跑去了，倒还没什么大碍，但他们如果是被一股未知力量趁着夜色悄无声息地擒获或歼灭了，而包括他在内的汉军全员竟然对此毫无察觉，那么隐藏在这件事背后的，该是多么恐怖的局面？这是否意味着，他们所有人从战争一开始，就落入了匈奴人庞大到难以想象的包围圈中？

军事嗅觉越是敏锐的人，越能事先发觉潜藏的危险，这一特质多次帮助卫青在对匈奴战场上克敌制胜，但这一次是他多虑了。

天明时分，莫名失踪的霍去病穿着浸满敌人鲜血的盔甲，带着那几百精骑，踏着朝霞再次出现了在全军的视线中。

跟随他一起回来的，还有两千零二十八名匈奴人的首级。

对于这场急速奔袭，《汉书》是这样记载的："票骑校尉去病斩首捕虏二千二十八级，得相国、当户，斩单于大父行籍若侯产，捕季父罗姑比，再冠军，以二千五百户封去病冠军侯。"司马迁《史记》叙说此事时，则特别用了六个字"斩捕首虏过当"，意思是斩杀敌军的数量，远远超过了自己军队的伤亡数目。

历史上从未有过如此炫目的登场，没有人知道霍去病这支小队在没有向导指引的情况下，是如何摸黑找到匈奴大本营的。但我们大致可以想象出，看到这员小将跃马杀进来时，匈奴单于该是何等的大惊失色。

甚至可以想象少年那时横刀立马的骄傲神情或许就是在说：我，霍去病，一个人单挑你们匈奴所有人，你们有什么遗言要交代吗？

少年如一阵卷地的疾风，手提锋锐穿梭在以善战著称的匈奴军营中，如入无人之境。"万军之中取上将首级，如探囊取物"本是小说话本中描述猛将英勇的夸张手法，但到了霍去病这里，却成了写实。这一战，匈奴单于伊稚斜的祖父、叔父都被霍去病或杀或俘，而霍去病也因为功冠全军，被大喜过望的汉武帝封为"冠军侯"。

霍去病首战告捷，不仅为大汉朝带来了又一场鼓舞人心的大胜，更在无数年轻将领和士兵心中，燃起一团团彤彤的火焰。虽说"你的十八岁和我的十八岁好像不一样"，但既然如此年轻的霍去病都可以杀得匈奴人落花流水，这是否说明那些侵扰汉地多年的匈奴人也没那么可怕？在绝对的实力面前，他们也并不是不可战胜的。

定襄北之战后，霍去病成了活着的一个传说。

而霍光，就是听着这样的传说长大的。

03

不知道是不是因为有卫青身世的前车之鉴，一直到霍去病成年，他都没能从母亲口中得知父亲的名字。一直到战场立功，做了骠骑将军，二十岁的霍去病才终于见到了自己的父亲——那个早已收敛风流、满脸暮色的中年人。

与首战封侯的霍去病不同，霍仲孺的事业并没有什么起色，仍庸庸碌碌地在家乡平阳做着县城小吏。他的儿子霍光十多岁了，正是爱玩的年纪，每每看到儿子在巷子里和小伙伴们玩着打匈奴的游戏，争抢着高喊着"这回轮到我扮演霍去病大将军了"的时候，霍仲孺的脸上都会露出难以言喻的复杂神情。

霍去病是没办法认，卫少儿是不想认，而他却是万万不敢认。

他的儿子，多么了不起，强横如狼的匈奴大军在他面前，都会顷刻被碾为齑粉，何况是他等升斗小民？他自知所作所为，唯恐认回来的并非孝子贤孙，而是一场毁家灭族的痛快报复。

可霍去病还是来了。

年少的霍光不能体会这场重逢的意义，缩在母亲怀里，他能感觉到母亲手臂的颤抖，也能看出父亲背影的紧绷。不容拒绝似的，他们一家人被一位将领打扮的人接到了霍去病下榻的旅舍，如俎上之鱼，待宰之羊，万事只在少年将军的一念之间。

霍仲孺恐慌的事情并没有发生。

葳蕤灯火下，霍去病推门而入，他身上犹沾着风与血、雷与火的气息，可他的神情却温和而从容。自小倨傲的少年在父亲面前单膝跪地，没来得及卸下的战甲碰撞出金石之声，他的声音尊敬中带着几分疏离："去病不早自知为大人遗体也（我过去不知道自己是您的儿子）。"[1]

霍仲孺哪敢领受如此大礼，连忙扶起霍去病，又跪伏下来连连叩头："老臣得托命将军，此天力也（我能生下将军您，全是上天的造化安排啊）。"一字一句极尽卑微，仿佛他这样的人，能生出霍去病这样的儿子，他自己都觉得不可思议，如果非要解释的话，也只能说是老天爷的玩笑了。

望着匍匐在地上的父亲，不知道霍去病当时是怎样的心情，或许他会在心中暗暗冷笑，又或许他那双和她姨母一样美丽的眼睛里，盛着淡淡的悲哀。

而角落里霍光的神情则更加鲜明，他睁大了双眼，看着往日威严的父亲竟拜倒在这个少年的脚下，不敢抬起头来。即便对方是他日夜景仰的霍去病大将军，在这种气氛下，他的心中也难免被恐惧占满。

很快，自幼聪慧的霍光便意识到，尽管他们是一对素未谋面的亲兄弟，但自己一家三口其乐融融的背后，对应的是霍去病这么多年的落寞孤零。霍去病会厌弃自己吗？会仇视自己吗？他会不会觉得这么多年来，是自己抢走了父亲？

---

1 出自《汉书·霍光传》。

在这样的惶恐中，他第一次怯怯抬起头，直视霍去病的眼睛。

那一瞬间，他在霍去病脸上看到了如冰消雪融一般的微笑。

少年人清亮的嗓音在耳边响起，神祇一样的霍去病向他伸出了手。

"霍光，我是你兄长。"

------04------

汉宣帝地节二年，大司马大将军霍光病势沉重。

回首往事，匡扶社稷、废立皇帝、专擅朝政，对的错的，没有什么他没做过的了，照理说，他这一生已不再有什么遗憾。

可这一日，他却艰难地爬起来，给汉宣帝上了一道奏章，奏章里写道："愿分国邑三千户，以封兄孙奉车都尉山为列侯，奉兄骠骑将军去病祀。"[1]

霍去病生前一子早夭，所以死后并没有后人为他延续香火，霍光怕自己死后，霍去病绝嗣，便提出将霍山过继给霍去病为后，再从自己的封地中拿出三千户，作为霍去病后人的封地。

生命的最后时刻，年迈的霍光仍怀念着自己那位永远停留在二十四岁的哥哥。即使此时距离霍去病去世，已经过了将近半个世纪了。

没有人能真正共情彼时霍光的心情，霍去病早亡的那一年，霍光与他相认还不满四载。在他还是个孩子的时候，霍去病把他从平阳乡下带到大汉朝的权力中枢，带他看了最广阔的世界，给予他最纯粹的兄弟之情，而后却不告而别，把他只身留在了这个到处都是争斗和陷阱的朝堂上。

短暂的一生中，霍去病总是奔波在前往战场的路上。

汉武帝也曾问过他：何时回家？何时安家？

年轻的霍去病却只是笑笑，仿佛眼前有无限的未来可以眺望，连回答也是豪情

1　出自《汉书·霍光传》。

万丈："匈奴未灭，无以家为也。"[1]

定襄北之战，霍去病仅率八百轻骑，便直捣敌营，立下不世功勋。两年后，汉武帝再次派这位小将出征，远击河西。

这一次，他给了霍去病一万人。

与卫青勇猛稳妥的打法不同，霍去病的作战方法迅猛到极致，抛弃辎重，沿路抢夺粮草，目标始终向前，疾驰向前。河西之战中，他出兵陇西，越过焉支山，率众急行一千多里，几乎是追在匈奴单于的后面，拽着匈奴的马尾巴打。

短短六天时间，他便已抵达匈奴的军事要地皋兰山。在那里，他斩杀了匈奴折兰王、卢侯王，生擒浑邪王子和匈奴相国，斩首八千九百六十级，全歼匈奴精锐，还顺手抢了休屠王用来祭天的金人，可谓是让匈奴人从生理上到心理上都恐惧得抬不起头来。

同年，霍去病孤军深入，直抵祁连山，俘虏单于单桓、酋涂王，这场战役，汉军斩首匈奴军三万二百人。

"失我焉支山，使我嫁妇无颜色；失我祁连山，使我六畜不蕃息。"[2]

在匈奴人的悲歌声中，汉军完全控制了河西地区，打通了一条西域之路，而霍去病军事生涯的巅峰还没有到达。

元狩二年春，二十二岁的霍去病再次出征，这一次他的目标是深藏漠北的匈奴主力。也是在这场战役中，霍去病北行两千多里，追杀匈奴左贤王至狼居胥山，斩首七万四百三十级，使匈奴再无卷土重来之势。

站在山崖间，霍去病的披风在尘烟中猎猎翻飞，一面是荒凉的漠北，一面是思念的家国，他的心中升起了一股前所未有的荣耀之情。在这里，他设坛祭天，封狼居胥，饮马瀚海，祭奠阵亡将士。

当年被匈奴人围困白登山的汉高祖刘邦不会相信，几十年后会有这样一个少年，在二十出头的年纪，便能将匈奴骑兵打得元气大伤，无力还手，只能仓皇远遁。

而汉武帝刘彻也不会相信，在短短一年后，这位所向披靡的少年将军，便会永

---

1 出自《汉书·霍去病传》。

2 出自《匈奴歌》。

远离开这个世界，如流星划过，再无踪迹。

元狩六年九月，大汉大司马骠骑将军霍去病因病逝世，年仅二十四岁。

这之后的很长一段时间，年少的霍光都无法接受兄长已逝的这个事实。

在此之前，这位沉默寡言的小公子曾无数次站在玉阶彤庭的皇宫里，望着北境的方向悄悄遥想。在他的想象中，他兄长的脸上没有丝毫的病容，他意气风发，煌煌耀目，他勾着嘴角，目光中永远闪烁着睥睨万军的少年气概。

终有一日，这份张扬和意气会渐渐褪去，少年稚气的脸庞会被岁月塑造成更为坚毅的棱角，或许到了那一天，他会绝似他舅舅卫青，又或许更加出色。

但他生命的休止符绝不该猝然画于此处。

他当有一个最好最好的未来。

他会挽起劲弓，遥射天狼，将那些蛮狠的匈奴人弹压在家国之外，只要他在一日，便无人敢觊觎大汉寸土；他会成为理想的兄长，伫立朝堂之上，庇护自己的亲人，让他们不必沾染半点朝堂上的波云诡谲和血雨腥风。

一切本该是这样的。

可命运无常，向来容不下这些“本该”。

王勃

LI SHI DE YI HAN

文　拂罗

勃，三尺微命 一介书生

唐高宗年间流传着这样一个故事——

自从《滕王阁序》被王勃挥笔写毕，整个长安的权贵百姓都争相传阅，传来传去，竟被呈到了唐皇李治的眼前。

上元三年的隆冬，车遥路远，书生逝世的消息还未传到巍峨的大明宫，据说李治一口气读完此文，激动高呼："天才！真乃罕世之才！"

"朕当年因斗鸡文将他逐出京城，是朕之错，"李治召来太监，大手一挥，"如今王勃身在何处？朕要立刻召他入朝！"

却不料太监面露难色，支支吾吾躬身答："圣上有所不知，王勃离京这些年一直四处漂泊，今年春天……他在南海乘船时溺水，惊悸而亡。"

李治听罢，悼心疾首，喟然长叹："可惜！可惜！可惜！"

千年后，关于"高宗三叹"的轶事已无从考证，但每提及这故事，世人眼前都必定浮现出滕王阁建成当日那一抹夕阳霞色，而《滕王阁序》文中那名布衣书生，他生命中的诸多谜团，却早已在滔滔海水尽头愈发模糊、愈发遥远了。

"这王子安才二十七岁，怎么就突然丧命了呢？唉！真是天妒英才……"

古往今来，很多人不禁猜测王勃落水时最后的念头，是生命熄灭的不甘？还是梦想未酬的忧郁？

只有王勃他自己知道，是平静，比任何瞬间都要麻木的平静。

扑通——

冰冷的海水。

剥夺呼吸的海水。

他视线所及的最后一眼，是汹涌地将身体淹没的海水，还有电光石火般短暂的生命光影。不论是少年时节看尽长安花的风光，还是青年时代从云端跌落泥底的狼狈，都被一篇接着一篇的诗文串起，成了迷离惝恍的走马灯。

海内存知己，天涯若比邻。[1]

寂寞离亭掩，江山此夜寒。[2]

---

1 王勃《送杜少府之任蜀州》。

2 王勃《江亭夜月送别二首》。

关山难越，谁悲失路之人？萍水相逢，尽是他乡之客。[1]

他感觉自己仿佛化作一条小鱼，奋力甩尾，逆流而去，去追寻那些生前不能忘却之事：龙门、长安、蜀中、交趾……这大唐曾将少年孤傲的尊严割得七零八落，这命运如狂风般将他吹离了长安，在冥冥中指引他朝着夕阳下的滕王阁走去。

往事栩栩在目，如儿时大院里的树影。

距离隋朝乱世已经过了近四十年，大唐正如同一个朝气蓬勃的少年郎，长安城便是这天下最耀眼的太阳。

他想起父亲当年掷地有声的教诲："长安城啊，可是咱们大唐的京城！那里有整整一百零八坊，街坊就像棋盘一样整整齐齐。报时官在承天门敲了钟，城里的八百处晨钟也同时敲起来，百姓官员们听着奏钟声从坊间鱼贯而出，这棋盘也就活了起来，做生意的做生意，上朝的上朝，好不热闹……"

"你们几个小子都擅长读书，以后可一定要进京考功名，当个好官啊！"

王勃出生在绛州龙门一带有名的书香门第，一家七子，排行老四。[2]

这个家族向来不缺名垂青史的祖先：大将军王玄谟、大诗人王绩、大儒王通……父亲王福畤虽然官职不高，但在他的悉心教导下，竟有四个儿子在难于登天的进士考试中及第。

文采最好的孩子，当属性情最烂漫的王勃。

六岁时，他就能从容地挥毫写诗，构思无滞，词情英迈。

九岁时，他读到颜师古注的《汉书》，竟能发现诸多错处，遂写《指瑕》十卷，震惊一时。

十岁时，在同龄小孩初开鸿蒙的年纪，这个早慧的孩子早已读遍六经，并且迷上了医术，时常背着药筐上山采药，开阔视野。

云天晓青，鸟雀呖呖，王勃拄着竹杖入山，每每极目远眺，心头就快要漾出滴

1　王勃《滕王阁序》。

2　《新唐书》："王勃字子安，绛州龙门人。六岁善文辞，九岁得颜师古注《汉书》读之，作《指瑕》以擿其失。"

翠般的诗句来。

在其他兄弟伏案苦读的时候，王勃并不把自己关在书房，而是尽情饱览山水，触目所见，皆可成文。他每每写文先磨墨数升，再蒙头呼呼大睡，醒来以后挥笔成文，一字不改。[1]

有人惊奇问："该不会是周公在教你写文吧？"

孩子傲然答："腹稿已成，何需周公？"

同乡的人都说这神童以后必是大官，父亲的好友杜易简就曾惊叹："子安小小年纪，文采竟能比肩他大哥和二哥了？真是你们王家的三株树啊！"[2]

大官……

什么样的人生才算最有意义呢？

当青年王勃回忆家乡时，一声声赞誉早就被岁月冲得极淡，而绛州龙门的日落，与长大后登临滕王阁所见到的紫金彩霞全然不同。在背井离乡的多年后，偶然追忆起来，才发现它笼罩着一层淡淡的柔光，如此令人眷恋。

春去秋来，王勃年过十二，大哥二哥进士登第后，小院里就清冷了许多。望着家乡一成不变的风景，王勃也慢慢萌生了憧憬——

长安城，当真那般繁华？

彼时他已经成了一位芝兰玉树般的骄傲少年，他背起行囊，神采奕奕地朝着父亲辞别："阿耶，京城有一位名叫曹元的神医，我想去长安拜他为师！"[3]

王福畤欣慰地看着儿子坚定的面庞："去吧小子，见见世面也好！"

少年挥别家乡，渐行渐远，一羽雁影似的消失在远方。

年幼时不识长安，年少时向往长安，年轻时却又想逃离长安，或许这世间每个人都免不了身为游子的宿命，要从故乡逃向他乡，又在他乡思念故乡。

---

1 《新唐书·王勃传》："勃属文，初不精思，先磨墨数升，则酣饮，引被覆面卧，及寤，援笔成篇，不易一字，时人谓勃为'腹稿'。"

2 《旧唐书》："勃六岁解属文，构思无滞，词情英迈，与兄勔、勮才藻相类。父友杜易简常称之曰：'此王氏三株树也。'"

3 《新唐书·王勃传》："时长安曹元有秘术，勃从之游，尽得其要。"

从绛州到长安，要走十日左右。烟雨官道中萧萧赶路的马车、江水月色里缓缓行驶的小船……统统映入少年清透的眼底，为他增添了无数诗情。可越接近京城，遇到的失意谪官就越多，他们从长安城被放逐到山水间，从此寄情于景色，尽情吟诵胸中感慨。

那些风尘仆仆的宦游人，失去了人生的意义，为何还能如此释然？

少年心比天高，参悟不透。

好在长安城的繁华很快冲散了这份困惑，父亲说得没错，这座城热闹而升腾：游人如织的内外街坊、日日敲响的暮鼓晨钟……王勃深吸一口气，挤在熙熙攘攘的人群里，大步穿过巍峨的明德门，迈入了刻苦学医的岁月光影之中。

留在京城随曹元学医的十五个月，他跟同门闲逛，走在热闹的朱雀街，不时瞧见达官贵人的马车驶过。

"哎，刚才那辆马车是谁家的啊？"

"那是沛王李贤的车！沛王今年九岁，聪明伶俐，圣上对他宠爱得很呐！"师弟笑着推推王勃，"子安，沛王与你哪个更聪明？"

"当然是子安！"其他人不服，"子安一年就学会三才六甲之事，明堂玉匮之数，那个斗鸡小孩比得上吗？"

"小声点，小声点……"

少年们打打闹闹，吵作一团，刚满十四岁的王勃笑而不语，兴许是不经意间，他亦朝着那辆渐渐驶远的马车多瞥了一眼。

适逢天色破晓，照彻千家万户，谁家雄鸡长鸣。

药香弥漫的无忧岁月弹指一挥。

十五个月后，王勃准备参加科考，那是少年崭露锋芒的开始，一篇又一篇珠玉般的骈文款款落成：

"盖闻圣人以四海为家，英宰与千龄合契。用能不行而至，春霆仗天地之威……"

这封言辞恳切、直抒胸臆的《上刘右相书》被十四岁的王勃递出，宰相刘祥道读毕，连连惊叹："此神童也！"

"臣闻鹏霄上廓，琼都开紫帝之庭；鳌纪下清，珍野辟黄灵之馆……"

十六岁时，王勃通过科试，成为朝廷最年少的七品朝散郎，他立刻为唐皇献上了一篇《乾元殿颂》，辞藻精妙，文采飞扬。

"奇才，奇才，我大唐奇才！"李治拊掌大笑，"子安比贤儿大五岁，就去贤儿那里当个侍读吧！"[1]

天子赞誉，四方震动，王勃从此迅速成为文坛最耀眼的一颗新星。他的名字在整个长安都传开，官员们争相拜访，都想亲眼看看天才的模样。

庄重的浅绿官袍穿在少年身上，如同清瘦幼鹤披上一身春光，有种与官场格格不入的天真。

有人羡慕他，有人妒恨他，皆被他一笑而过。何须在意？

在斗鸡事件发生以前，王勃的仕途顺利得好似风送轻舟，他尽情挥洒才华，在千万人艳羡的目光里越过重山，扶摇而上，成为沛王身侧的亲信。

两年后。

王勃已然长成一位姿容俊秀的青年郎君，银鞍白马，风华正茂。王府里的荣华生活如同幻梦，这长安，这仕途，似乎正朝着年轻的天才招手。

他不知道，命运的伏笔正在前方暗暗蛰伏。

"子安快来！随本王去斗鸡！"

不知何时起，斗鸡在京城悄然风靡，沛王李贤与英王李显日日沉迷，谁也管不住。两只怒发冲冠的雄鸡殊死相斗，羽毛乱飞，在随从们的叫好声里打得难舍难分。

"好！好！"

"上啊！啄死它！"

王勃永远是人群里最寡言的那个。他对斗鸡不感兴趣，每当气氛达到最热烈的时刻，往往也是阿谀者最声嘶的时刻，一张张企图巴结皇子的面庞扭曲到极致，使年轻的王勃感到不适。

---

1 《旧唐书》："麟德初，刘祥道巡行关内，勃上书自陈，祥道表于朝，对策高第。年未及冠，授朝散郎，数献颂阙下。"

每当此时，家乡悠远的青山都会历历浮现心头。他想，自己终究沾上了王绩放浪山水那一面，胸中私藏的湖光山色，成为他逃避现实的良药。

蓦然忆起一位杜姓好友临别前说过的话："子安，官场风云诡谲，而你是至纯之人，倘若执意要留在这长安城，以后可要万事小心啊！"

好友前往蜀中，王勃为他送行，二人曾在长安城郊惜别。

江山太远，此番一别，恐怕再无彼此的音信。望着好友泪眼，王勃心中浮起无边的酸涩，提笔写下：

城阙辅三秦，风烟望五津。与君离别意，同是宦游人。[1]

下一句该写什么好呢？

云天兀地响起一声雁鸣，王勃乍然顿笔仰头，猛地睁大双眼——

明晃晃的晴空正映照大地，那些迁徙的大雁早已熬过漫长的冬日，盼来今年的好春光，它们正一声声呼朋唤友，三五成群，结伴南归，无比欢快。

天涯之下，四海之上，万里江山何尝不在胸襟中呢？

海内存知己，天涯若比邻。无为在歧路，儿女共沾巾。[2]

开阔的文思兴象宛然，在纸上落成千古的名句，随群鸟一同响彻初唐天地间。

"子安？你又走神！"

王勃回神，发现是沛王输了，正垂头丧气地走来："七弟太过分了，每次我都赢不过他！"

"子安，明日我要和他再斗，你写篇檄文，好好煞一煞他那只公鸡的锐气！"

檄文可不是普通的文章，而是声讨敌人的文书，言辞激烈，句句批判。王勃稍感迟疑，为斗鸡写檄文是不是太荒唐了些？却架不住小皇子软磨硬泡，无奈答应了。

"臣今晚就写。"

当时究竟是什么心态，王勃记不清了，或许自己不曾多想，又或许自己想了太多。就在回屋提笔时，月色依旧清朗温柔，照彻沉睡的长安城，与平日毫无分别。

一篇《檄英王鸡文》被随手写完。

1　王勃《送杜少府之任蜀州》。
2　王勃《送杜少府之任蜀州》。

没有乌云掩月，没有骤雨倾盆，在生命中最平常的一天，王勃就这样做出了错误的决定，浑然不觉地葬送了自己的后半生前程。[1]

这本是少年们内部传阅的文章，奈何写得太好，竟被传到天子面前。

李治勃然大怒。

原来，先皇的龙椅正是经"玄武门之变"从兄弟手中夺来的，至于当今天子李治，他也曾目睹兄弟们殊死相争。

纵然过了这么多年，兄弟血洒长安的场面在李治心中仍有余悸，他甚至仍然能嗅到大明宫内一阵又一阵的浓郁血腥气。手足相残，这成了李治心中最忌讳的心病，如今被年少无知的王勃重重踩了一脚。

"两雄不堪并立，一啄何敢自妄？"[2]

檄文中轻描淡写的反问，在李治青筋暴起的额头反复横跳："歪才，歪才！二王斗鸡，王勃身为博士，不行谏诤，反作檄文，是何居心！"李治将文稿狠狠掷地，"传朕旨意，逐出长安！"

晴天霹雳。

圣旨被太监传到王府，笔杆从王勃手中惊得落下，这是他第一次如此惊慌失措，失声问："这……都是真的？陛下要我立刻离开长安？"

"半分不假。"太监眼神怜悯。

王勃永远不会知道，在自己抱憾辞世的四十年后，大唐迈入了最鼎盛的时期，既有着万国来朝的气魄，亦不乏娱乐万象的热闹。在那里，上至玄宗，下至百姓，都狂热地沉迷于一种游戏——斗鸡。

断送他仕途的斗鸡。

从杜甫的"斗鸡初赐锦，舞马既登床"[3]中，便可窥见御前斗鸡之热闹，因擅斗

1　《旧唐书》："诸王斗鸡，互有胜负，勃戏为《檄英王鸡》文。高宗览之，怒曰：'据此，是交构之渐！'即日斥勃，不令入府。久之，补虢州参军。"

2　王勃《檄英王鸡》。

3　杜甫《斗鸡》。

鸡而谋得富贵者数不胜数。有位叫贾昌的神童，更是通过一手训鸡的好本事而深得玄宗赏识，做了几十年的宠臣，活到九十八岁高龄。

四十年后的盛唐自带着一股冲天热气，如果说它是一个朝代沸腾起来的模样，那么四十年前的初唐便是冬日里升腾的白烟，温热但不烫手，不允许天真的才子们燃烧得太过恣意。

公元 668 年秋，当十八岁的王勃落寞地独自踏出明德门时，长安已不再是他心中那个长安，那座寄托着无限希望的京城。

他是被逐出王府的。

这件事闹得尽人皆知，王勃的脸上没有任何表情。昔日妒恨者的嘲讽声如同雪花，一片一片，淹没了那个曾经无比向往长安城的少年。

此后整整三年，他的身影归入蜀中，那片青翠欲滴的竹山。

他不曾亲耳听到天子怒喝的那句"歪才"，但这两个字渐渐化作噩梦。月色清寒，冷得透骨，王勃脚下蔓开漆黑的倒影，那是心魔夜夜与它的主人周旋。

王勃的诗风从雄迈转为沉郁。

他再写江山，满目凄凉——

乱烟笼碧砌，飞月向南端。寂寞离亭掩，江山此夜寒。[1]

他再写离别，满纸苦楚——

送送多穷路，遑遑独问津。悲凉千里道，凄断百年身。

心事同漂泊，生涯共苦辛。无论去与住，俱是梦中人。[2]

千重山，万重水，诗人总是免不了被流放。当他们曾经风光的仕途只剩下追忆，当他们被迫脱下官袍，日日与诗文为伍，孤独与苦难反而延成了一条条流入名篇的血脉。

于是，江山的脉搏每震动一下，满纸的烟霞便多出了一篇。

三年后。

---

1 王勃《江亭夜月送别》。

2 王勃《别薛华》。

对王勃来讲，旧痛如纸上泪痕，被蜀中山风慢慢吹淡了些，虽然他自述"雅厌城阙，酷嗜江海"[1]，却到底割舍不下长安城。

他太年轻，不甘心迎来这样的结局。

公元 671 年秋冬，王勃回京考试，长安城依然繁华，却再无人敢赏识他，世态炎凉，恍若隔世。

迷惘之际，身在虢州当官的朋友朝他伸出援手："虢州药材多，你谙熟医理，来这儿当个参军吧！"

王勃动身前往。

江旷春潮白，山长晓岫青。[2]

采药生活让他忆起少年学医的那段时光，虢州才子众多，往来唱和，纷纷惊叹："子安兄，你真是奇才啊！"

王勃在这里度过了一段放浪形骸的日子。他尽情写诗，大口饮酒，纵然被同僚暗讽"恃才傲物"也全然不顾。

倘若日子继续下去，或许王勃将在这里度过漫长的一辈子，又或许他将有机遇重返长安、谋得赏识，可命运却为他指向了另一个转折点——漆黑潮湿的牢房。

史书载：任参军期间，王勃曾私藏犯罪的官奴曹达，又怕走漏风声，竟将其杀死。整件事细节不详，蹊跷得很，许多人推测王勃其实是遭人嫉妒并陷害了。[3]

岁月悠悠，真相早被淹没在史册背后，唯有牢狱中的王勃命悬一线——

他杀了人。

或者说，有人指控他杀了人。

王勃第一次产生了弃笔的念头，他的才华，他的名气，在死牢中丝毫不起作用，他只是天地间最卑微的一只蚍蜉，每夜仰望小窗，不吃不喝，慢慢等待死刑那日的来临。

天高地迥，与无穷宇宙相比，生命究竟有多渺小？兴尽悲来，难道兴衰成败才

1　王勃《游山庙序》。

2　王勃《早春野望》。

3　《旧唐书》："勃恃才傲物，为同僚所嫉。有官奴曹达犯罪，勃匿之，又惧事泄，乃杀达以塞口。事发，当诛，会赦除名。时勃父福畤为雍州司户参军，坐勃左迁交趾令。"

是万物命运的定数？

某日，他冷不防瞥见牢房墙上布满抓痕与名字，听说是囚犯们临死所留。

原来，每个人都害怕被世间遗忘吗？

王勃缓缓闭眼，想了很多很多，他能感觉到自己正顿悟一种崭新的境界——

子安啊子安，你一直不甘心活得渺小卑微，可这亘古的宇宙洪荒之下，谁又不是三尺微命？倘若万物皆为逆旅客，向死而行，那么何必畏惧生命中的跌宕起落？放逐长安，坠入监狱，难道就是颓唐的理由吗？

囚窗之外，斗转星移。

曾经落在少年心上的纷扬大雪，渐渐变得轻盈起来，他大口大口地吃饭喝水，努力感受着自己心脏的跳动。

某天，狱卒推开他的牢房："出来吧！"

王勃没有死。

或许是命不该绝，天下大赦，他的死罪免了。

从不见天日的地牢走出，他的眼神里添了一种更加深邃更加开阔的气度。好友兴奋地告诉他："朝廷要召你官复原职了！"

王勃摇头，微笑婉拒，径自朝着天地间悠悠远去。

"哎，你去哪儿！"

"回家写书。"

"今大人上延国谴，远宰边邑。出三江而浮五湖，越东瓯而度南海。嗟乎！此皆勃之罪也。无所逃于天地之间矣……"[1]

直到多年以后，好友读到王勃生前字字泣血的文章，才得知他在狱中虽无恙，他的父亲却遭遇牵连，被贬为南海之外的交趾当县令，形同流放。

从此，他只愿追逐初心，不愿再浮于宦海。

接下来一年多，王勃隐居家乡。

1　王勃《上百里昌言疏》。

日升月落，门扉紧闭。

一切都仿佛回到了孩提岁月，远游的孩子终于回了家，他终日闭门不出，写诗著书，恍惚能听见大院里响起兄弟们玩耍的声音。

"我以后一定当个大官，至少也是个刺史！"

"你是刺史，那我就是舍人！"[1]

"你们别吵啦！论读书谁能比得过老四！咦，他人呢？又自个儿躲书房写诗去啦？"

王勃起身，推开房门。

吱呀——

玩耍声戛然而止。

落日熔金，将他的斜影拉得很长，王勃独自沐浴在夕阳里，树荫斑驳的大院里只剩下空荡荡的风，吹得树叶沙沙作响。

他忽然很想见见父亲。

宿命终于开始向前流淌，纸页背后的身影徐徐走向滕王阁。

公元 675 年秋，洪州都督阎伯屿重修滕王阁，大摆宴席，酒过三巡，阎伯屿笑问："谁能为宴会作序一篇？"

在座众人纷纷推辞。

其实众人都清楚，阎都督早让女婿备了稿，如今问问也只是走个形式罢了。不料阎伯屿拎着纸笔问了一圈，还真有个探亲路过此地的书生突然起身，接过纸笔："我来写。"

阎伯屿：……哪儿来的愣头青？

阎都督越想越气，拂袖而起，转入帐后："我倒要看看他有何文才！来人，去看看他写的什么东西！"

"都督！他开篇写'豫章故郡，洪都新府'！"

阎伯屿冷笑，不过如此。

"都督！他又写'星分翼轸，地接衡庐'！"

---

1 据《新唐书·王勃传》，王勮弱冠进士登第，曾擢为凤阁舍人，公元 697 年綦连耀谋反，勮与兄泾州刺史勔及助皆坐诛，神龙初，有诏追复勮官位，昭雪。

阎伯屿忽然沉默了。

"都督！他……他写落霞与孤鹜齐飞……"

阎伯屿不等听完，快步跑出，他看见宾客们此时将王勃围了个水泄不通，热火朝天地围观这个年轻人写文，这盛况前所未有，好不震撼。

云销雨霁，彩彻区明。落霞与孤鹜齐飞，秋水共长天一色。[1]

众人拍案叫绝，齐齐叫好。

天高地迥，觉宇宙之无穷；兴尽悲来，识盈虚之有数……关山难越，谁悲失路之人？萍水相逢，尽是他乡之客。[2]

众人纷纷叹息，有人拭泪。

老当益壮，宁移白首之心？穷且益坚，不坠青云之志。酌贪泉而觉爽，处涸辙以犹欢。北海虽赊，扶摇可接；东隅已逝，桑榆非晚。孟尝高洁，空余报国之情；阮籍猖狂，岂效穷途之哭！[3]

众人一片沸腾，高声喝彩。

"奇文啊！"阎伯屿激动得胡子直翘，顾不得什么女婿，也奋力朝人群挤去。

此时此刻，王勃眼中有很多浩瀚的景象：夕阳、天地、宇宙、生死……他冥冥间甚至感觉，这些文字始终都在滕王阁静候着，等待着，终于猛然贯穿了他的二十六年。在龙门所见的落霞，在长安所历的失意，在狱中所悟的初心，岂不正是自己一生悟道的写照？

——或许我已经错过了最好的日出，可我还拥有眼前这场辉煌的日落，一切还来得及。

滕王高阁临江渚，佩玉鸣鸾罢歌舞。画栋朝飞南浦云，珠帘暮卷西山雨。

闲云潭影日悠悠，物换星移几度秋。阁中帝子今何在？槛外长江空自流。[4]

唐都长安仍在夕阳下屹立，昔日的吴地却已隔云端。他想，千年后会不会有人

1　王勃《滕王阁序》。

2　王勃《滕王阁序》。

3　王勃《滕王阁序》。

4　王勃《滕王阁诗》。

登临这楼，一声感叹："阁中书生今何在？"

等到那时，高阁远阔，长江悠悠，便足够了。

见王勃掷笔转身，众人起初一片安静，旋即爆发出震耳欲聋的欢呼，不论身份，不论老少，所有人都高呼着王子安，竟将楼阁撼得轰隆响。年轻的滕王阁尽情回应着、见证着，哪怕岁月漫过千年，历经数次毁建，这一幕也将镌入它的魂骨中永不磨灭。[1]

这是王勃生命中最后一道高光。

第二年春，王勃乘船渡海，来到交趾。

父亲生活拮据，比记忆里沧桑了许多，拄拐出来见儿子。

"阿耶，我……"

王勃等着父亲责骂，可父亲只是絮絮叨叨地笑着念起他小时候的趣事："你读完《汉书》以后，非说颜先生注本有误，可把我吓了一跳……"

"那时候啊，你们兄弟还小，我逢人就炫耀你们有出息。韩思彦居然说什么'古时王武子有马癖，如今老王你有誉儿癖，你们老王家怪癖何多耶？'这我哪里能忍？立马就把你们的文章加急给他寄去了，子安，你猜你韩叔说什么？"[2]

"呵呵，他心服口服！说要是他儿子文章写这么好，他也逢人就夸……"

听着听着，眼泪模糊了王勃的视线。

数日后，父子离别，泪水满襟。

或许预兆着不久后的噩耗，当那艘大船载着儿子渐渐远去时，年迈的王福畤痴痴立在码头，心脏突然没来由地刺痛了一下。

白发苍苍的老人吹着冰冷的海风，眼含泪光，不肯离去。

一阵又一阵的海风，冲淡青年眼底的离愁。

1　《新唐书·王勃传》："九月九日都督大宴滕王阁，宿命其婿作序以夸客，因出纸笔遍请客，莫敢当，至勃，泛然不辞。都督怒，起更衣，遣吏伺其文辄报。一再报，语益奇，乃瞿然曰：'天才也！'请遂成文，极欢罢。"

2　《新唐书·王勃传》："福畤尝诧韩思彦，思彦戏曰：'武子有马癖，君有誉儿癖，王家癖何多耶？'使勃出其文，思彦曰：'生子若是，可夸也。'"

哪怕天各一方，只要还活着，与父亲就终有重逢那日。山河之间还有多少美景，等着自己去尽情览遍？胸膛之中还有多少诗文，等着自己去畅怀书写？

他想起贯穿自己整个少年时光的那一句困惑。

答案是……释然的笑容从他唇边扬起，当他从沉思中回过神，却只听清船客们惊慌的呼救声。

"船，船要翻了！快抓稳！"

"救命啊！"

水涨船高，他缓缓仰头，瞳孔深处倒映出高山般的骇浪。

在二十七岁的王勃眼中，海天顷刻翻覆，生死瞬息颠倒。[1]

扑通——

他终于回想起这一切，原来自己的故事早就结束了。

王勃奋力抬起手，曾经触手可及的宇宙，正离他越来越远。原来，当他开始眷恋人间的时候，他的人间骤然遗弃了他；当他终于正视命运的时候，他的命运在大海中沉向了结局。

那年潇潇烟雨中赶路的马车，那年江水月色里缓缓行驶的小船，原来自己正是那个风尘仆仆的宦游人。遇见憧憬长安的少年，听少年问："怎样才算是有意义的一生呢？"

彼时的他还不知道，《滕王阁序》背后的故事，注定会是一位天才诗人早逝的故事，也注定会是一个龙门少年求道的故事。

于是，在少年困惑的目光里，二十七岁的诗人背起行囊，回头一笑："你内心真正想要的一生。"

水中，王勃清隽而年轻的身影，正如同离枝的花瓣般徐徐落去——

天地深蓝。

他缓缓合上眼。

向下坠落。

再也没有醒来。

---

1 《旧唐书》："渡南海，堕水而卒。"

曹雪芹

LI SHI DE YI HAN

文 敏乔

世事短如春梦
人情薄似秋云

乾隆四十四年，除夕，大雪忽落，簌簌作响，曹雪芹从小憩中惊醒。

年过半百的曹雪芹精力早不如从前。他半卧在榻，手脚冰凉，身体麻木，缓了好一会儿都不见好转。他只能吃力地转动脑袋，望向窗外。

此刻已是深夜，天色暗淡，窗边凝出了层薄冰。

寒风从门的细缝间渗进，肆意游走在这间简陋的小屋中。挥之不去的病气，纠缠着曹雪芹。他本该与此搏斗一番，然而，常年嗜酒令他的身躯筋疲力尽，幼子的夭折又带走了他求生的意志。他早已无力抵抗，也无心去抵抗。

就这样静静地躺了许久，久到曹雪芹又要睡去，一股暖意突然在他的四肢百骸间默默流淌。前所未有的活力充盈着他，曹雪芹缓缓地捏紧拳头，又张开，原本僵硬的手指此刻灵活无比。他的身体忽地逃脱了死亡的沉重，变得格外轻盈。

没有犹豫，曹雪芹径直起身，大踏步推门而出，迫不及待地将久卧多日的绵绵病榻抛在身后。

小院空空，唯有新雪。

白皑皑的大地上，月光倾洒而下，闪烁着朦胧的光泽。曹雪芹缓慢地挪着步，走在雪地中。他走得很慢，每一步都落得格外踏实。

落座于院中的冷凳上时，曹雪芹的鞋底已经被雪浸湿，旁边的歪脖老槐树已然挂满了霜雪，前面的石磨也覆了层新衣。曹雪芹静坐在风雪之中，仿佛一块顽石。

沙沙，沙沙。雪连绵不断地落下来。

曹雪芹侧耳倾听着，思绪随着雪落下的声音飘远。他疏懒地倚靠在小桌上，手撑着额头，逐渐沉浮在半梦半醒之间。

一缕缕香烟，从青绿色的落地铜炉里飘逸而出。

炉中炭火发红，御赐的百合香飘到偌大的正房中。香气馥郁，唤醒了迷蒙的曹雪芹，他睁开眼，随即惊讶地发现，他似是回到了童年的故居。

那时他与家人居于扬州江宁织造府中，他们还是赫赫有名的诗礼簪缨之族。

一条大甬路出现在眼前，曹雪芹轻车熟路地沿着狭长的道路前进。进入堂屋中，他抬头迎面，先看见一个赤金九龙青地大匾，再跨进门槛，大紫檀雕螭案映入眼帘，上面设着三尺来高的铜鼎，这正是百合焚香的来源处。铜鼎上则悬着待漏随朝墨龙大画，一边是金蜼彝，一边是玻璃盒，地下两溜十六张楠木交椅。

忽然，一个孩子"噔噔噔"地从曹雪芹背后跑了进来。

孩子粉雕玉琢，身穿大红官袍，脖戴纯银长命锁，似是跑急了，他脚下踉跄几步，曹雪芹正弯腰要扶，没承想孩子稳住了脚步，径直穿过曹雪芹的身体虚影，跑到堂屋的最上处。

"老祖宗！老祖宗！"孩子嚷嚷着叫唤，"老祖宗帮帮我！"

此时，曹雪芹终于反应过来，原来这孩子是童年时的他。眼下正是他幼年时和父亲顶嘴后的情景。

他幼时顽劣、贪欢、无拘无束，最不喜八股，次不喜四书五经。他厌恶功名利禄，厌恶为了俗世凡尘之欲争得头破血流。每当他行事乖张，口出狂言，惹得父亲大发雷霆时，他就"噔噔噔"地迈开步子，逃出书房，逃到祖母处寻求庇护。

曹雪芹顺着年幼的自己往上看去，一位身披锦绣长袍，头发花白的老夫人正端坐在榻上。

老夫人的头发梳理得一丝不乱，戴着一只翠玉簪。耳垂上挂着一对上品翡翠耳环，鲜翠欲滴，晶莹剔透。这正是曹雪芹的祖母。

曹雪芹望着阔别多年的祖母，止不住动容。他情不自禁地向祖母跨出几步。

此时孩子亲昵地扑进了祖母的怀里。祖母笑呵呵的，拉住孩子的手："又惹什么事儿了？说来给老祖宗听听。"

年幼的他凑在祖母耳边，小声嘀咕，不知又说了什么俏皮话，惹得祖母哈哈大笑，连带着身旁端着糕点的丫鬟们都跟着笑。

笑完了，祖母眼角细密的皱纹蜿蜒而上。见孩子撒娇，祖母总是会戳一戳他的额头，再呼唤几声他的乳名："莫怕，莫怕，我在这儿，你爹还能吃了你不成？"

祖母轻轻地拍打着幼童的后背。她的手苍老却宽厚，带着蓬勃的温热，哪怕多年过去，曹雪芹也不曾遗忘。

几个佩着香囊的丫鬟笑着从眼前走过，百合香随着她们的款款步伐飘远。曹雪芹面前的景象忽地从屋内的正房，变成室外的大院。

院子也还是同曹雪芹记忆中的那般，两边都是游廊相接，院中点缀山石几块，一边种着几株芭蕉，另一边则是一棵西府海棠，花开正好，其势若伞，院中满架蔷薇宝相，转过花障，则见清溪前阻。

几个娇俏的女子正倚坐在溪边的小亭中，结社作诗，好不热闹。曹雪芹看见此景，不禁缓步走向五角小亭。

在此处，曹雪芹又见到了少年时的自己。

少年时的他就坐在姊妹之间，同她们一齐比试才气。他头戴束发嵌宝紫金冠，齐眉勒着二龙抢珠金抹额，穿一件二色金百蝶穿花大红箭袖，蹬着青缎粉底小朝靴。样子富贵又精致。

曹雪芹记得这段时光，总角之宴、言笑晏晏。

那时他大些了，不再如稚童时闹腾。他整日读书写字，弹琴下棋，享受与姊妹丫鬟们吟诗作画，肆意挥洒才气的自由。哪怕只在园中游玩，每每甘心为诸丫鬟充役，他竟也得十分闲消日月。

小亭里正在玩拆字猜枚的游戏，闹出些笑话，院子里的人笑作一团，大家推推搡搡，彼此亲昵，好不快活，明亮的笑声熙熙攘攘地传到曹雪芹耳畔，他也随之笑了起来。笑着笑着，此时的曹雪芹与少年时的他，不约而同地看向了亭中西南角的女子。

这女子是曹雪芹的表妹，二人青梅竹马，两小无猜。

表妹也正嘴角带笑地瞧着曹雪芹，两人四目相对，她娇俏地问少年一句："你看我作甚？"

少年走到表妹跟前，粉白的脸上笑容温柔："看妹妹颊边粉红，美不胜收。"

表妹眉毛一竖，刚要斥他，却没承想，少年伸手从她的发间拿下一朵秋海棠。

少年将这朵不慎飘到表妹发间的粉色小花，放到她白皙的小手中。表妹的不满全无，她望着手里的花，抿着嘴，含羞带怯地笑。

身后的玉兰花开得正灿烂，衬得少女面若桃花，昳丽温柔，好似曾经——她躲在树后，装模作样地拨弄枝丫上的青梅，实则暗自打量第一次来拜访的少年。

曹雪芹望着少女时的表妹，心中升起无限的眷恋。再看少年时的他与表妹打闹玩笑，他只觉五味杂陈，说不清是什么滋味。

梦境之中，曹雪芹看着自己逐渐长大。

从快走几步都不稳当的幼童，到精通诗词歌赋的少年，他看着自己张扬而傲然地坐在骏马之上，驰骋于烟柳繁华之地。

尘世的腌臜事都与他无关，生计前途也不是他该思索的问题，他只须坐在柔软奢靡的小轿里昏昏欲睡，优哉乐哉地漫步于红尘滚滚中。他脚不沾地，身不着土，长衣飘飘，不问世事。

直到十三岁这年。

天子权力更迭，暗流涌动。曹雪芹的父亲因罪革职，惨遭抄家，以前的钟鸣鼎食之家骤然衰败。

曹雪芹目睹着官兵冲进家门，桌上的瓶炉被莽撞地推倒，噼里啪啦地发出悲鸣，碎了一地。炉中焚烧的炭火滚落，其间剩余的百合香抵达最浓郁的巅峰，顷刻间又逐渐暗淡，如同凋零的花朵，在释放最后的芬芳。

旧日的荣华富贵轰然倒塌，隐隐还能窥见冲天的火光，曹雪芹站在豪宅的废墟中，远远地凝视着年轻时神色茫然的自己。

年少的他彷徨失措地呼喊亲人，他站在被查封的家门前，看着绵延几代的赤金九龙青地大匾被粗暴地砸打。牌匾就落到他的眼前，四分五裂。年少的他跌跌撞撞地在废墟中奔跑，似乎企图跑回美好的过去。

可一切都是徒劳，他再也无法回到过去。他只能和祖母一起，带着微薄的积蓄，坐上马车，回到紫禁城里空落落的老宅院。

马车疾驰，寒风呼啸，属于扬州的繁荣渐渐远去，年轻的曹雪芹从小窗中探出头，颊边的发丝在风中飞扬。他竭力想再看一眼他无限美好的日子，可惜风雪纷纷，凄迷了他的双眼，叫他看不清回去的路。

年少的他不明白日子怎么就发生了翻天覆地的变化。他什么都还不知道，不知道未来的潦倒，生活的颠簸。他更不知道，他深爱的表妹会在不久之后诞下一子便撒手人寰，就连他们的孩子亦早早夭折。

萦绕在鼻间的百合香愈来愈淡了，几近于无。

曹雪芹缓缓闭上了眼。

再也无法回到无忧无虑的童年，再也无法回到安富尊荣的温柔乡。

扬州依旧繁盛，四处都是喧嚣的市肆，车水马龙，熙熙攘攘。江边的柳树也葱葱郁郁，碧波江水上，商女照旧巧笑倩兮，唱着后庭花。一切如常，热闹非凡，可那儿再也没了炉里焚着的百合香，再也没了他的家。

富贵几何？到头来，不过是黄粱一梦。

第二梦
空空一梦

晶莹的酒水如弯柱一般，从瓷瓶中倾斜而下，倒入桌上豁了口的小碟中。浓郁的麦香随着酒水迸发，连曹雪芹肚里的酒虫都被勾醒。

曹雪芹盯着澄澈的酒水，不禁吞了吞唾沫，勉强按下勃发的食欲。

他抬起头，望向眼前的自己——那是已过弱冠之年的他。青年身着朴素的灰色大褂，脚踏寻常不过的粗布布鞋，衣服泛旧，浮出一层褪色后的白。

昏暗的屋内，墙壁破旧，唯有两三张旧木椅和一张短了条腿的小桌，桌脚还垫着块破木。青年已经醉醺醺地半瘫在酒桌上，但手上仍是在不停地倒酒，好似在倾

倒自己无尽的哀愁。

曹雪芹清晰地记得这一天。

这是祖母下葬，后事结束的一天。

跟随祖母和其他长辈北上回到老宅屋后，日子虽然远不如扬州的奢靡，但也算得上祥和。家道中落，可底子仍在，乍归北京时，尚有崇文门外蒜市口老宅房屋十七间半，家仆三对。[1]

然而，好景不长。发现主家都是好糊弄、心善随和的妇孺后，家奴趁机弄鬼，挪用东庄租税；又天降横祸，有贼寇入室，抢掠钱财。原本还算舒坦的生活，在日日亏空下，只得抵押地房文书，最后，落得连日用之钱都捉襟见肘的地步。

至祖母病逝时，已经是门户凋零，家徒四壁。所有人都走的走，散的散了。

时至今日，曹雪芹犹记得祖母去世前，他握住祖母的手，这只手却在他的掌心中慢慢地冰冷、僵硬，直至无力地垂下。至此，祖母苍老却宽厚的手，再也无法轻拍他的手背，祖母也不会端坐在雕梁画栋的精致小房里，带着笑安慰他："莫怕，莫怕。"

熟悉的哀恸席卷着曹雪芹的内心，酒桌上的青年似乎也回想起了祖母临终的这一幕，梦里梦外，曹雪芹皆潸然泪下。

热泪滚滚，青年仰头喝完最后一碟酒，放浪又狼狈地跌坐在椅子上。他苦笑着摇头，对着空无一物的家叹息："不敢说历尽甘苦，然世道人情，略略地领悟了好些。"

黄酒从锅里飘出腾腾的热气，散发着阵阵酸甜的滋味。这是秋冬时分再好不过的热饮，只消喝下一口，从咽喉到胃囊，从外到里，都暖和个彻底。

温热的黄酒抚平了曹雪芹的哀愁，他擦干泪水，再睁眼，他来到了一家酒铺。

铺里的他已过而立之年，衣着寒酸，与他如今的境遇越发趋同，袖口上、衣角处都有补丁一二，但中年的他兴致高昂，正与好友同桌对饮。

好友正是曹雪芹的忘年交之一——敦诚。

历经了漂泊辗转的岁月，从崇文门外的卧佛寺，到香山正白旗的四王府，再从镶黄旗营的北上坡，到西直门白家疃后，曹雪芹搬到了远离闹市的西山。

曹雪芹看了看眼前的场景，当即忆起了那时的境遇——偶有一日，他忽念友人，

---

[1] 《刑部致内务府移会》："崇文门外蒜市口房十七间半、家仆三对，给予曹寅之妻孀妇度命。"

遂动身赶到京城，想要探望敦诚。

可惜敦诚外出，并未在家。彼时秋风萧瑟，曹雪芹顿感失落，以为自己要原路返回，却没想到，在回旅店的途中，一位披衣戴笠之人迎面走来。

再一看，竟就是好友敦诚！

两人都为这巧遇兴奋不已，当即携手到一家客栈对饮。

绿蚁新醅酒，红泥小火炉。深秋里，白雾般的暖气从酒碟里袅袅飘起。几杯热酒下肚，相逢的喜悦瞬间升腾而起。酒桌上，中年的曹雪芹正和敦诚把酒言欢，喜不自胜。

然而，待一番酣畅，两人交流几句，才发现彼此都是囊中空空。

敦诚大笑道："嗟余本非二子狂，腰间更无黄金珰。"[1] 随后便利落地解下佩刀，以刀质酒。

尽管已经历过，但曹雪芹再次看到友人如此豪爽的举动时，仍止不住与中年时的自己一齐拍手，同声直呼道："痛快！痛快！"

酒一杯杯地下肚，中年的曹雪芹与好友的脸庞上都飘起了一抹绯红。两人借着酒劲儿，抒发胸臆，吟诗作对起来。你一言我一语，千言万语都在碰撞的酒碟声中，一对知己好友放声大笑，好不快活。

可相聚的时光总是短暂的。哪怕再不愿意，缸中的酒总会见底，嘴里的酒香总会淡去。

曹雪芹默默地站在虚无的黑暗中，他想起逝去的亲人，想起与他告别的好友，想起无数年少时相遇的风流人物。

只遗憾，酒香已经消失，熟悉的人也都远去了。他此生再也无法与他们相见。

热闹几何？到头来，不过是空空一梦。

1　敦诚《佩刀质酒歌》。

黑暗中，曹雪芹踽踽独行，风雨人生几十载，弹指挥间两鬓衰。他一边漫步，一边不断回味着这颠簸的几十年。

这几十年来，曹雪芹心中长恨半生苦难，一事无成。

作为罪臣后代，他屡屡碰壁，不敢说尝遍世间各种苦涩，但能说体会够了一种深刻的遗憾。这种遗憾，始终贯穿在曹雪芹的生命当中。

不单单是无法追逐功名利禄的遗憾，也不单单是怀才不遇的遗憾。曹雪芹心中真正的遗憾是，他既无法达则兼济天下，也无法穷则独善其身。

每每临近寒冬，连自己都住在陋室草屋里的曹雪芹，依旧忍不住担忧，路边又有多少冻死骨？

思及此处，他便倍感不忍。官宦换了又换，百姓苦了又苦。这样的杀人如剪草的日子到底什么时候是个头？

可曹雪芹清贫无力，举家食粥，他所能做的实在太少。

绞尽脑汁、思索再三后，曹雪芹提笔写下一本《废艺斋集稿》。他记录了各种手工玩意儿的制作方式，以求残人得以养生，如他的好友于叔度那般，靠扎糊风筝的手艺谋取报酬。

为何偏就是我不能达？为何偏就是我生为罪臣后代？

曹雪芹曾不知多少次这般愤懑，质问过老天。

敦诚却从曹雪芹的文采里看到新的可能："劝君莫弹食客铗，劝君莫叩富儿门。残羹冷炙有德色，不如著书黄叶村。"[1]

友人的劝诫，让曹雪芹决心放下对名利的纠结。

在西山的山脚小院中，一张长桌，一把木椅，一支细笔，曹雪芹开始了长达十年的写作生涯。他要将所有的遗憾都倾注在笔与纸之间。

屋外斜雨霏霏，春风呜呜，曹雪芹提笔微歇，静静地听雨落地碎成花。

他面前密密麻麻的文稿，便是他的《红楼梦》。

1　敦诚《寄怀曹雪芹》。

他翻动着桌上的手稿，来回逐字品读，细数那些曾相逢、相遇、相知的风流人物。

闲静似娇花照水、行动似若柳扶风的林黛玉；唇不点而红、眉不画而翠的薛宝钗；俊眉修眼、顾盼神飞的贾探春；风流倜傥、不拘小节的史湘云……无数佳人浮现在曹雪芹眼前，她们或是在海棠盛开时结一诗社，或是围着红泥小火炉赏雪咏诗。她们款款而来，又袅娜离开，待曹雪芹放下手中的书稿，故人已去，只残余一片馨香。

曹雪芹记录她们，追忆她们，仿佛她们尚未远去，仍在雕栏玉砌、飞阁流丹的豪宅间追逐打闹，同他互比诗词。

当贾府轰然"倒塌"，当黛玉泪尽而逝，当宝玉消失在茫茫大雪中，当贾探春远嫁和亲，落泪回首，哀声叹惋："一帆风雨路三千，把骨肉家园齐来抛闪。"[1]

当十二金钗如落花流水般离散，曾相聚大观园的风流人物各奔东西，有的香消玉殒，有的艰难度日，往日的种种荣华富贵如烟云过眼。

当曹雪芹又想起他回不去的童年，想起不再属于他的扬州旧梦，想起离别的亲人与分别的好友，还有那些惊鸿一瞥的风流人物，笔尖不自觉地滴下墨。墨水滴落在纸张上，为这个故事画上句号，晕出一片清浅的痕迹，曹雪芹怅然若失。

批阅十载，增删五次。

呕心沥血，滴泪成字。

曹雪芹停下手中的笔，桌上的烛灯明灭不定。他看到铜镜上自己的倒影，这才恍然惊觉，他老了，老得生了白发，老得满脸皱纹，再不见年轻时的神采。

恍惚间，曹雪芹仿佛又见到了离世多年的祖母。她依旧和蔼地望着他，眼角的细纹蜿蜒，"人生如梦，何曾梦醒。红颜易老，华发难寻"。

著书多年，曹雪芹的内心郁结之气终于得以缓和。

他不再愤懑，也不再质问老天为何如此不公。那口横亘在曹雪芹命中的遗憾，都化为了涓涓的平静。他逐渐接受了此生无力"补天"的事实，接受他既无仕途，亦无所长，穷困潦倒的一生。

黑暗如潮水般消去，曹雪芹从睡梦中转醒，缓缓地睁开了眼。

1　曹雪芹《红楼梦曲》。

院子里的雪，愈落愈大。

但曹雪芹却没有丝毫进屋避寒之意。他始终坐在雪中，安静地等待着什么的到来。

寂静的雪夜中，曹雪芹长长地呼出一口气，白色的气体袅袅飘散，带走了他身体内最后一丝生机。曹雪芹无力再支撑，只能顺从地跌倒在地。

他躺在厚厚的雪地里，仰面朝天，看着头顶歪脖的老槐树。老槐树光秃秃的，枝丫张牙舞爪地生长着，一片片鹅毛大小的雪渗着它树枝的空隙落下，落在曹雪芹的眼前。

此刻，曹雪芹已经感受不到冷意，他的视线模糊，只有耳边还回响着"沙沙，沙沙"——雪连绵落下来的声音。

细数他这一生，细数他那难忘的遗憾，到头来也不过三场梦。曹雪芹几欲发笑。

雪不停地下，直到落满大地，白茫茫的一片。

曹雪芹又闭上了眼，他将进入一场再也不会醒来的梦乡。

人生几何？到头来，不过是浮生一梦。

壮志难酬

第三卷

ZHUANG ZHI
NAN CHOU

我本将心向明月
奈何明月照沟渠

LI SHI DE YI HAN 文
拂罗

你看见史书里的旧月光，清清冷冷的一弯，像某人心头破碎的梦想。

这是属于理想主义者们的生前往事，没有跨越数百年的王朝风波，唯有字行间一个个熟悉的名字，试图逆风而行，震响时代——

"我本将心向明月，奈何明月照沟渠[1]。"

或许很多年以前，你就曾无意中听说过他们理想破灭的结局。

当屈原一次又一次致力于变革，与旧贵族对峙时，他是否不曾察觉周围阴冷的目光？

当于谦毅然决定另立新帝，保全大明风骨时，他是否未料到此事会成为死罪的伏笔？

当诸葛亮向后主辞行之际，他曾一笔笔地写下哀婉恳切的《出师表》；当陆游闭上眼的前一刻，他曾尽全力颤颤向孩子们交代"家祭无忘告乃翁"[2]；当岳飞被迫收兵之时，他曾嗟惋至泣，向东再拜："臣十年之力，废于一旦！"[3]

其实，他们何尝不比任何人都清楚结局呢？

这世界时而敞开胸襟，好风送人上青云，时而突然发了怒，让全天下都逆着人愿，失意得意，反反复复，变化莫测，唯有坚定此心才能站稳于这洪流之中，于是历史才多出了那些铿锵的誓言与绝笔：

粉骨碎身浑不怕，要留清白在人间。[4]

三十功名尘与土，八千里路云和月。[5]

位卑未敢忘忧国，事定犹须待阖棺。[6]

今当远离，临表涕零，不知所言。[7]

长太息以掩涕兮，哀民生之多艰。[8]

1　高明《琵琶记》。

2　陆游《示儿》。

3　出自《宋史·岳飞传》。

4　于谦《石灰吟》。

5　岳飞《满江红·写怀》。

6　陆游《病起书怀》。

7　诸葛亮《出师表》。

8　屈原《离骚》。

感受五丈原悲凉吹过的秋风，路过沈园寂寞的残垣，朝那埋忠骨的青山深深一拜，再亲眼见证北京城的光阴变迁……你终于来到了江水滔滔的汨罗江畔。此时此刻，楚国郢都已经被秦人攻破，国丧的消息传遍天下，那位被流放的赤子背对着你，颜色憔悴，形容枯槁。

"三闾大夫何故至此？"你问。

屈原负手而立，缓缓摇头："举世皆浊我独清，众人皆醉我独醒[1]，仅此而已。"

"大夫可曾后悔过？"你又问，"倘若明知梦想终不可得……"

他朝你回过头，目光矍铄："理想或许不可求索，可我已经得到我想要的一生。"

你心头微震。夜色下，屈原独自朝着冰冷的江心越走越远，他的身形消失在湍急汹涌的汨罗江中。

下雨了。

当理想主义者死于茫茫尘世间，他身后永远潮湿的瓢泼冷雨，是后人读到史书此行时潸然落下的热泪。

几千年的历史，数十个朝代，倏忽之间拉得很近很近，隔着雨幕听清青年们启程时的谈笑声，他们与你擦肩而过，走向远方，史书里每个孤注一掷的光影都轮廓相似。

要走过多少年之后，才终有"夜阑卧听风吹雨，铁马冰河入梦来"的情怀[2]。

你看见一次又一次的日升月落，一年复一年的春夏秋冬，漫长的岁月将他们生命中的浮光掠影悄然挽留下来。不论栉霜沐露，还是风雨兼程，翻页间不经意与某个人惊鸿照面，便蓦然顿悟——

世间最悲情的孤勇情节，是按照自己想要的方式走完一辈子。

天边将白，大梦将寤，不妨再去看看浮光如何刺透层云，看看飞鸟怎样穿过群山，看看故事最初的那轮月亮，它如何在少年的胸膛里永远高悬、永远洁净。

走吧，顺着这条奔流的长河往前走。

不必回头。

1　屈原《渔父》。
2　陆游《十一月四日风雨大作·其二》。

屈原

LI SHI DE YI HAN

文 拂罗

举世皆浊我独清
众人皆醉我独醒

LI SHI DE YI HAN · QU YUAN

138

汨罗江畔，碧水涟涟，风送亡魂，且行且歌。

当被流放的屈原见到那位渔父的时候，他已被整整十六年的风霜折磨得变了个模样。

渔父见他颜色憔悴，形容枯槁，便问："您不是三闾大夫吗？何故沦落至此？"

屈原不假思索："举世皆浊我独清，众人皆醉我独醒。"

"圣人不凝滞于物，能随世事推移，既然世人皆浊，何不翻搅其泥随波逐流？既然众人皆醉，为何不吃其酒糟痛饮美酒？"渔夫道，"大夫您何故想得太深，自恃清高，乃至被流放呢？"[1]

屈原振袖大笑："我听说，刚洗过头的人必定要掸掸帽子再戴，刚洗过澡的人必定要抖抖衣服才穿，怎能让清白的身体被污浊之物沾染呢？我宁愿跳进湘江里，葬身江鱼之腹。安能让皓皓之白，蒙世俗之尘埃乎？！"[2]

渔夫听罢，微微一笑，不复与言，径自摇桨远去，江面之上传来悠悠的歌声："沧浪之水清又清，可洗我的帽缨，沧浪之水浊又浊啊，可洗我的双足……"[3]

这是楚顷襄王二十一年，五月五日，天光绚烂，这是屈原生命的最后一天。在孤身迈向滔滔江水的那刻，他忽然怀念起少年时拾过的遍地金橘。

---

1 《渔父》："渔父曰：'圣人不凝滞于物，而能与世推移。世人皆浊，何不淈其泥而扬其波？众人皆醉，何不餔其糟而歠其醨？何故深思高举，自令放为？'"

2 《渔父》："屈原曰：'吾闻之，新沐者必弹冠，新浴者必振衣；安能以身之察察，受物之汶汶者乎？宁赴湘流，葬于江鱼之腹中。安能以皓皓之白，而蒙世俗之尘埃乎？'"

3 《渔父》："渔父莞尔而笑，鼓枻而去，乃歌曰：'沧浪之水清兮，可以濯吾缨；沧浪之水浊兮，可以濯吾足。'遂去，不复与言。"

少年生于楚国，长于楚国，也深爱楚国。

他偏爱家乡二月的仲春，也钟爱深秋金黄的橘子，夏日有炎炎的明光照耀大地，入冬又降下皑皑的深雪覆盖田野……

每逢节日，崇拜鬼神的楚人们便披上纤丽的服饰，击石拊石，翩翩起舞，那些优美的姿态，都让烂漫的少年感到乐不可言。

他最爱随玩伴们采橘子吃，橘瓣的清甜，橘皮的甘苦，这些滋味都纷纷镌入少年的舌尖，成为他此生不愿割舍的故乡味道。

"屈平，屈平！走走走，同去采果子吃！"

纵然在千年以后，"屈原"这个耳熟能详的称呼一直被世人缅怀，但少年的名字其实不叫屈原。在他生活的战国时代，人们还没有将姓名合称的习惯，而是沿用"男子称氏，女子称姓，姓或氏皆在名前"[1]的传统。

"氏"彰显着族群的地位，用来区分贵者贱者，只有贵族才可有氏，"姓"则代表一个人母方的血缘关系，同姓不可通婚。

少年生于楚国归乡乐平里的贵族世家，芈姓，屈氏，名平，字原，乃是楚武王之子屈瑕的后人[2]。

少年又名"正则"，意为公正法则，少年又字"灵均"，意为均衡平和。听父亲伯庸说，他是在寅年寅月寅日诞生的孩子，良辰吉日，这似乎注定预兆着未来的不平凡。

当屈原长大些，他不再随着同乡少年们整日疯玩，而是恭恭敬敬地立在庭前，聆听父亲教诲："为父给你取这名字，是希望你日后能成为行比伯夷的君子，为楚国尽心力，为百姓谋安乐，你可记住了？"

"儿子记住了。"

堂下少年穿着织锦绣衣，腰佩青锋长铗，垂目拱手而立，在摇晃的草木树荫之中，他的身影恰似澧兰沅芷。

1　出自《通志·氏族略》。

2　出自《史记·屈原列传》。

很多很多年以后，人们已无法从古籍觅得少年的成长环境，但秭归县的日光还是那般明媚，那里便是被屈原视为故里的地方，那里的土壤在千年后仍能结出金黄的橙子。

从少年到青年，屈原必定成长于芝兰之室，被家风熏陶出了刚直不阿的性情。他爱山，爱云，爱闹市的熙攘，也爱渔樵的朴实，为他们悲，为他们喜，这些想法都被他写进多年后的诗歌中：

民生各有所乐兮，余独好修以为常。[1]

——人生于世，各有爱好，而我唯独爱好修饰自己的品德与人格。

皇天之不纯命兮，何百姓之震愆？[2]

——苍天的变化反复无常啊，何故使得百姓震荡遭殃？

多年后的屈原两次踏上放逐之路时，忆起青年得志的岁月，他总能从浑浊中仰见天光，这份信念让他坚定，也让他痛苦。

—— 02 ——

当屈原长成一个怀瑾握瑜的青年时，他的才华已在家乡远近闻名，乃至惊动郢都，楚王熊槐迫不及待地召青年来王宫面谈。

屈原举止风雅，言谈朗朗，上谈国事，下谈民生。

"好，好！不愧是寡人的同宗！"楚王激动地拍案而起，"寡人正有通过变法振兴楚国之意，以后屈卿就留在郢都，助寡人推行改革吧！"

上至君王，下至百姓，楚人自古以尚义任侠的精神闻名，那年的楚王发誓要励精图治，豪爽地破格任用了年轻的屈原。

当屈原抬起头时，他永远都不会忘记君王那满腔热血的神情，从那双眼睛里，他看到了同样满怀热忱的自己。

1 屈原《离骚》。

2 屈原《哀郢》。

"定不负大王所托。"

这成了君臣相处最和睦的数年，二十三岁的屈原更是凭着"博闻强志，明于治乱，娴于辞令"升到了左徒——这是楚国特有的官职制度，据说令尹如同丞相，左徒仅次于丞相。[1]

入宫则与大王共议变法，发号施令，外出则负责接待宾客，应酬诸侯。

何谓变法？

励耕战、举贤能、反壅蔽、禁朋党、明赏罚……这是屈原向往的"美政"，如今虽然还是名义上的诸侯国鼎立，但实力强盛的国家只剩下三个：秦国最强，楚国最大，齐国最富。

大国对峙，只有变法才能打破僵局。

同僚纷纷嗅到这年轻人散发出的威胁，制度改革意味着旧势力将面临衰败，再无法牟利。

三年后，朝堂里谗言四起，呈给楚王的弹劾多如雪片，终于使熊槐心中犯了嘀咕。更有一位上官大夫，在法令草稿未定的时候，他假意来府上拜访，突然出手抢夺草稿，虽然屈原迅速抢回，但还是被对方瞥到了几行。

上官大夫立刻秘密觐见楚王，将法令一字不差地背下来，楚王惊奇不已："你怎么知道屈大夫拟定了什么？"

"大伙怎能不知呢？"上官大夫信誓旦旦，"每每令出，屈平必把功劳揽在自己头上！沾沾自喜地说除了他以外，没人有能耐制定法令，大王您也不行！"

上官大夫凭借搬弄是非的巧舌，使楚王轻信了这番谎言，再联想到屈原每次上朝必直言进谏，冒犯自己，熊槐心中不快："寡人真是看走眼了！"[2]

从此，君臣再不复促膝长谈。

君心易变。

---

1 《史记•屈原列传》："屈原者，名平，楚之同姓也。为楚怀王左徒。博闻强志，明于治乱，娴于辞令。入则与王图议国事，以出号令，出则接遇宾客，应对诸侯。王甚任之。"

2 《史记•屈原列传》："上官大夫与之同列，争宠而心害其能。怀王使屈原造为宪令，屈平属草稿未定。上官大夫见而欲夺之，屈平不与，因谗之曰：'王使屈平为令，众莫不知，每一令出，平伐其功，曰以为非我莫能为也。'王怒而疏屈平。"

年轻的屈原还不懂这个道理，眼看法令逐渐完善，他长舒一口气，决定将它呈上。

当日，在威严的朝殿内，屈原手捧沉甸甸的竹简走去，昔日亲切的君王以一种居高临下的姿态望着他，随口吩咐："屈卿辛苦了，依寡人看，变法之事还是算了吧。"

屈原身子一僵。

他动了动嘴唇，还没说出只言片语，楚王就已退朝。满朝官员都轰动起来，有人扼腕叹息，有人幸灾乐祸，他们纷纷与年轻的令尹擦肩而过，朝着殿外鱼贯而去。

在恍惚中，屈原听清上官大夫的嘲笑，他回身冷冷一望，将政敌们震慑得一怔。

这个年轻人脸上没有任何畏惧之色。

此行，本就是明知不可为而为之。

唯有赤诚，唯有坦荡。

不久后，屈原改任三闾大夫。

这是楚国特设的一种官职，主要负责宗庙祭祀活动，兼管屈、景、昭三族子弟的教育，楚王吩咐："屈卿有大才，就留在郢都，帮寡人培育人才吧！"

君王终究还是留了旧情啊。平日里卸下官服，行走在民间，成了他失意生涯中的慰藉。

"屈大夫，来尝尝今年新摘的橘子！"

屈原连忙接住农妇抛来的橘子，吃下橘肉，他焦灼的内心也慢慢清明起来——江陵千树橘，自己唯独偏爱这种水果，因它性情颇奇，只有种在南方土壤才能结出甜橘子，倘若强行将它迁至北方，就只能得到苦涩的枳实。[1]

战国是个"朝秦暮楚"的时代，人们还没有诞生忠于国家的理念，而是崇尚"士为知己者死"。周天子虽弱，却仍是名义上的天子，名士们在天下游走自荐，倘若在某国不得赏识，也可投奔另一诸侯国效力。

"你说，以屈大夫的才华，会不会离开咱们楚国……"

只有屈原自己知道，他从未有过离乡的念头。

1　《晏子春秋·杂下之六》："婴闻之：橘生淮南则为橘，生于淮北则为枳，叶徒相似，其实味不同。所以然者何？水土异也。"

从孩提时代起，他深深地热爱着楚国的一切，这里是他的国家。冰凉甘甜的橘瓣滑入喉中，如同这片大地的脉脉河流，亦如同慈祥乳母的孜孜教诲。

日复一日，屈原已经看惯了政敌们仇视的目光，也接受了自己与君王关系不复昔日的现实，但他不曾想过，在命运尽头，还有两次漫长的流放正在前路等待着自己。

◆03◆

一年后，秦欲攻齐，却又忌惮齐楚合纵，于是派国相张仪来拉拢楚王。

屈原坚定地站在抗秦派的一方。倘若齐楚合纵抗秦，那么楚国必赢，倘若秦齐连横抗楚，那么秦国必胜，苏秦曾说过"横成则秦帝，纵合则楚王"，预测的正是秦楚相争的结局。

早在楚王熊槐刚刚继位时，他便发誓要争夺霸主之位。屈原亲眼见证过魏、赵、韩、燕国使者摔杯痛饮的大场面，五国合纵结盟，誓要兴兵攻秦，推楚王为纵长。

"今日周天子赐胙于楚王，不胜不归！"

"楚国屡遭秦国欺辱，被秦人抢走商密和於中两地以后，历代先王便日夜悲痛，誓要夺回咱们楚人的发源之地……"那时，熊槐醉醺醺地一把揽住屈原的肩膀，笑得好似民间豪侠，"如今寡人的梦想终于要实现了！来，喝！"

屈原将手中的橘子递过去："大王喝醉了，吃个橘子醒醒酒吧。"

"屈平啊屈平，也只有你整天劝寡人吃橘子。"熊槐哈哈大笑，"等寡人打下那块地，咱们君臣在那儿尽情吃橘子，尽情喝酒！"

昔年知己，历历在目。

最后，这场野心勃勃的合纵以大败告终，作为纵长的楚王熊槐颜面扫地。

张仪抵达郢都，正是楚怀王十六年的年末。

屈原听说，此人乃是鬼谷子的弟子，以三寸不烂之舌而闻名天下。

来者不善。

果然，张仪刚见楚王就说明了来意，称秦国愿以六百里商於之地作为交换，换楚齐断交："到时我奏请秦王献出六百里地，两国永结兄弟，再没有比这更好的策略了！"

张仪的话，勾起了熊槐心中最大的隐痛——

商於六百里是楚人当年的发迹地，早在西周时期，楚先王便居住在那片土地，却不料被秦人占了去，成了一代又一代楚王的心病。

在怀有强烈恋乡情结的楚人眼中，只要商於尚在别国手中一日，这份悲痛便一日无法排解，楚怀王熊槐的父王甚至改名为"商"，意在收复失地，可惜梦想未成，斯人已逝。

不顾屈原与陈轸的强烈反对，楚王派人去跟齐国断交。

"大王，张仪的话万万不可信！到时六百里地索要不成，秦齐反而结盟来攻楚，楚国就大祸临头了！"

"大王……"

满朝大臣的道贺声中，只有屈原坚决反对乃至苦苦央求。他甚至疾步上前，伸手欲拽住楚王的袖，却只换来对方震怒的质问："屈平，真是枉费寡人昔日与你的橘酒之约！你当真如此铁石心肠，一点都不在意你的国家吗？！"

这句话好似万箭穿心，群臣注视下的屈原面如死灰，向后踉跄："大王说臣不在乎楚国？说臣……不在乎这个生臣养臣的国家？"

大殿死寂。

"莫再说了。"楚王沉默半晌，转身退朝，"等着寡人得到六百里土地便是。"

不久后。

张仪在咸阳假装摔断了腿，整整三个月没有表态。楚王疑心他嫌楚国断交态度不够坚决，特意派人将齐王大骂一通，以示绝交，张仪才从病床上爬起，在地图划了六里地给楚国。

六里？！

楚国使者惊怒："先生，我奉命来取六百里地，从没听说过要收什么六里地！"

张仪振振有词："将军听错了吧？秦王只赐予我六里封地而已，如今我愿把它献给楚王，我区区一个张仪何德何能割让六百里地呢？"

——这便是历史上有名的"张仪戏楚"[1]。

楚王怒不可遏，出兵攻商於，却在秦兵攻势下节节败退，失去了丹阳与汉中，他不惜举全国之力再攻秦国，大军一直攻到距离咸阳不到一百五十里的蓝田。

据说秦人战事不利，甚至要祭天祈神以保佑"克剂楚师"，但在不久后，韩魏趁机袭击楚国，使得楚国只好仓促退兵，向秦国割地以谈和。

这两场战役中楚国损失惨重，阵亡兵将超过十五万，成了楚国转向衰败的开端。

整整十五万将士，魂灵不得安息！

远在郢都的屈原听闻消息，悲痛欲绝，他面朝战场，挥笔写下《国殇》：

出不入兮往不反，平原忽兮路超远。

带长剑兮挟秦弓，首身离兮心不惩。

诚既勇兮又以武，终刚强兮不可凌。

身既死兮神以灵，子魂魄兮为鬼雄！

不久后，楚王为了恢复联盟头疼不已。自从他派人怒骂齐王之后，齐王恨楚国入骨，放眼朝堂也只有屈原才能说服齐王了。

熊槐迟疑再三，召屈原入殿。

君臣对视。

"寡人……"熊槐欲言又止。

屈原垂目拱手："大王不必多言，我即刻出使齐国。"

他的心里并非没有波澜。

是故土未收回的遗憾？还是将士牺牲的深深悲痛？或是对楚王恨铁不成钢的愤怒？

复杂的心情揉在一起，当屈原踏上前往齐国的马车时，他回望郢都的橘林，每片叶子都像是对他招手挥别，欢笑着盼他尽早归来。

后皇嘉树，橘徕服兮。

受命不迁，生南国兮。

---

1 《史记·张仪列传》："秦欲伐齐，齐楚从亲，于是张仪往相楚……秦齐共攻楚，斩首八万，杀屈匄，遂取丹阳、汉中之地。楚又复益发兵而袭秦，至蓝田，大战，楚大败，于是楚割两城以与秦平。"

深固难徙，更壹志兮。[1]

——南国那受命不迁的橘树呵，皇天后土哺育着你，你生来就深爱着这片土地，根深蒂固，难以迁徙，这志向是多么专一啊。我愿与你同生共死，长为挚友，永不分离。

山河太远，马车太慢，此去一年半载不能归家。

因楚王之前大骂齐王，这次游说可谓举步艰难，所幸他的才华与真诚打动了齐王，使两国恢复建交。

齐人日日盛情劝他留下，但屈原满心只有对楚国的牵挂。

张仪只怕不会善罢甘休，自己临走前对大王千叮万嘱，但恐怕……他慢慢垂目，将《橘颂》最后一句写完，这也是他最坚决的表态：

年岁虽少，可师长兮。

行比伯夷，置以为像兮。

——故乡的橘树呵，你虽年纪轻轻，高洁品德却好似伯夷，苏世独立，闭心自慎，秉德无私，我愿永远向你学习。

听闻齐楚恢复联盟，秦国大惊，提出用汉中之半的土地来交换楚国黔中郡。[2]

楚王怒答："不愿易地，愿得张仪而献黔中！"

趁屈原离开之际，张仪主动请缨再来郢都，果然被丢进死牢。他自然不是毫无准备，如今楚国腐朽不堪，略施贿赂与小计便可脱身。果然，在上官大夫、公子子兰、宠妃郑袖等人日复一日的劝说下，楚王开始迟疑起来。

"大王曾许诺以土地交换张仪，如今秦王派张仪来，大王却不交土地，只怕会惹怒秦国啊！"

楚王左思右想，不愿用黔中郡换张仪，便下令将其释放。不料张仪还敢到他面前继续游说，力求"两国互送太子为质，从此永结兄弟，互不打仗"。

数日后，屈原风尘仆仆赶回郢都，听闻楚王已答应与秦结盟。

所有的唇枪舌剑，所有的外交交锋，都在一夕间化为乌有！

---

1 屈原《橘颂》。

2 《史记·张仪列传》："秦要楚欲得黔中地，欲以武关外易之。"

他来不及回家，径自闯进王宫："大王为何不杀了张仪？！之前张仪如此欺骗大王，臣以为大王一定会将他活活烹死，如今大王不仅没有杀他，竟还听信他的邪说？！"[1]

楚王愕然望向屈原，连忙派人去追杀张仪，却得知张仪早已逃出楚国。

不过，就在张仪回秦后，秦惠文王已去世，继位的秦武王素来不喜张仪。小国得知秦国君臣有隙，纷纷背离连横，恢复合纵抗秦，张仪被迫离开秦国回故乡，两年后逝世。

天地纵横，乱世如棋，纵然寸舌动天下，终究无人可做主。

◆04◆

此后十年，诸侯国仍然风云动荡，时而合纵，时而连横，而屈原仍是那个最坚定的抗秦派。他进谏的声音太刺耳，使楚王再次厌烦了他。

身为三闾大夫，屈原经常在郢都社坛教学。

有时，望着一双双求知若渴的眼睛，他脑海中会浮现蔚然成林的橘树，随伙伴们一同摘果子的好时光……青年们纷纷敬称他为"屈子""先生"，屈原才恍然大悟，摇头苦笑，原来自己早就不年轻了。

不久后，三十六岁的屈原迎来了第一次流放。

他指出楚王熊槐的错误，讲到激动处甚至眼含热泪，满朝君臣却无一人能理解他的苦心与远见。熊槐干脆挥挥手，打发他："你走吧！"

屈原不得已离开他眷恋的郢都前往汉北。哀伤之下，他曾"愿摇起而横奔兮"，想任性一把，逃离故土再不归来，却又"览民尤以自镇"[2]，因目睹人民的苦难而慢慢冷静下来。

---

1 《史记·屈原列传》："是时屈原既疏，不复在位，使于齐，顾反，谏怀王曰：'何不杀张仪？'怀王悔，追张仪，不及。"

2 屈原《九章·抽思》。

孟夏的朝夕原本很短暂，为何它漫长得好似一整年？

郢都的路途确实很遥远，可梦中我的魂魄却在一夜间往返了九次。[1]

他好似站在巨大的荒原空谷之中，四面八方的风翻涌，只捎来一阵阵荒谬的回音。屈原所有的叫喊都融进大风，在山中不断碰壁，最终只回荡到他自己耳朵里。

想要隐退沉默，可谁又能明白我的本心？想要上前呼喊，可谁又愿意听我的呼号？[2]

船家摇橹时，正逢孟夏晚霞初现，小舟好似飞燕，稍稍带着几分残忍的轻快，载着哀愁的三闾大夫离开他的故土。

烟波深处的岸边时而浮出房屋人家，那是屈原曾经最深爱的一切，如今都随着水波渐渐推远了。

05

六年后，当一身风霜的屈原再回到郢都时，这座城依稀还是记忆中的模样。

——他是来强行觐见楚王的。

不久前，秦国连连出兵攻打楚国，并威逼楚王赶赴武关会盟。满朝大臣见信哗然，分为两派，屈原赶到朝殿，苦苦哀劝："秦是虎狼之国，万万不可去！"[3]

熊槐的小儿子名叫子兰，企图篡位已久，他立即站出来斥驳："大胆屈平！大王不去，岂不是破坏与强秦的邦交吗？！"

群臣乱哄哄吵成一团。

"够了！本王去就是了！吵吵嚷嚷像什么样子！"楚王一声暴喝，殿内立刻鸦雀无声。

---

1 《九章·抽思》："望孟夏之短夜兮，何晦明之若岁。惟郢路之辽远兮，魂一夕而九逝。"

2 《九章·惜诵》："退静默而莫余知兮，进号呼又莫吾闻。"

3 《史记》："时秦昭王与楚婚，欲与怀王会。怀王欲行，屈平曰：'秦，虎狼之国，不可信。不如毋行！'怀王稚子子兰劝王行；'奈何绝秦欢！'怀王卒行。入武关，秦伏兵绝其后，因留怀王，以求割地。怀王怒，不听。亡走赵，赵不内。复之秦，竟死于秦而归葬。"

"大王……"屈原含泪望着熊槐。他昔日的知己，他曾经的挚友。

在逐渐朦胧的视线里，年迈的楚王朝着他转过身，慢慢伸手，拍着他的肩膀苦笑："屈大夫，寡人流放你这么久，你也老了啊……"

楚人风骨，终究在迟暮的君王身上显现，这或许将成为"亡秦必楚"的伏笔。当熊槐踏上这条不归路的时候，他也终于放下了多年的君臣嫌隙。

"屈卿，吃个橘子吧！"离别当日，他笑着抛给屈原一个橘子，转身上车，"走了！"

车马远离郢都，楚王再没归来。

秦国将他囚禁在武关，劫持到咸阳，勒令他以附属国之礼拜见秦王，并逼他割让巫郡与黔中郡。楚王大怒，坚决不答应，从此被囚禁。

两年后，楚王孤身逃向赵国，奈何赵国畏惧强秦，不敢庇护他。

回楚的路早被秦封闭，楚王又踉跄逃向魏国，却被秦兵捉了回去。

一年后，熊槐病逝于咸阳，谥号楚怀王，秦人将他的遗体送回郢都。

"楚人皆怜之，如悲亲戚"[1]，国丧那日，满城哭声不歇，屈原用颤抖的手捉笔疾书，写下《招魂》：

魂兮归来！东方不可以托些！

……

魂兮归来！南方不可以止些！

——魂灵呵，归来吧！四方并非你的安身之所，只盼你能回到楚国故土！魂灵呵，归来吧！快些回到家乡故里！目极千里兮，伤春心。魂兮归来，哀江南！

那日，他朝着四面八方高声呼唤，唤迷途的君王回家。

魂兮归来！

魂兮归来呵！

1　出自《史记·三十世家·楚世家》。

06

楚怀王死后，楚人不光悲叹这位君王末路的悲哀，更悲叹楚国最后的辉煌。

原来，就在楚怀王被扣留的三年间，太子熊横回国继位，史称"楚顷襄王"，新王任用子兰为令尹，向强秦祈得苟安。

政敌谗言四起，屈原被免去三闾大夫之职，放逐江南。

去故乡而就远兮，遵江夏以流亡。

出国门而轸怀兮，甲之鼌吾以行。

发郢都而去闾兮，怊荒忽其焉极。

楫齐扬以容与兮，哀见君而不再得。[1]

——离开了故乡去远方啊，遵着长江夏水开始逃亡。走出了国门我心悲伤啊，甲日的清晨我将起航。从郢都出发离开了故地啊，道途茫茫尽头在何方？船桨扬起载我出发啊，伤心的是再也见不到君王。

屈原就这样离开了郢都，他走得很慢，三步一回头。

这官场仍然是一派鸡鹜争食的混乱，泣血的凤凰挥泪飞离了王都，屈原的肉身从此放逐于山水长达十六年，那只凤凰却携着他轻盈的魂灵遨游四海：风云、日月、神话、志怪……似梦亦真的幻想融进他的笔尖。

为何这浊世唯我独醒？

为何苍天独赐我一身洁白？

为何独我要承受这清醒的痛苦？

十六年流浪摧垮了屈原的身子，他的外貌变得落魄，却依然"制芰荷以为衣兮，集芙蓉以为裳"[2]。

他想，无人了解也罢，只要我的内心馥郁芬芳，哪怕芳香污秽糅杂在一起，唯有高洁的品质不会亏损。

他对国家的爱，注定升华为一种更崇高的感情。

1　屈原《哀郢》。

2　屈原《离骚》。

比亲情更爱憎分明，比爱情更缠绵悱恻，无分种族，无分国度，那是发自本性的大爱，人类永恒追求的信仰。

向前是荒原，向后是丘墟。

屈原将满腔理想泼向他的诗歌。

在那些瑰丽的长诗里，他可以上天入地，可以尽情与神仙对话，几十年压抑的生命力爆发出五彩斑斓的颜色，铺成文学的源头。

他注定会是这片土地上第一位爱国诗人。

春秋前的作品，多是集体创作的无名氏短歌，唯独屈原的长诗横空出世。他用神话来映射现实，用爱情来比喻君臣，用香草美人来比喻君子，用秽草恶木来比喻小人……这种大胆的创新影响了两千多年的文人们。

失意的凄苦，至高的理想，极致的矛盾最终碰撞出千古《离骚》——

路漫漫其修远兮，吾将上下而求索。

······07······

楚顷襄王二十一年，秦将白起攻破郢都，君王迁都，百姓流亡。

那天，远方的屈原失声恸哭，写下《哀郢》：

"放眼目光四下张望啊，什么时候才能再回郢都一趟？"[1]

在这徙倚仿徉的茫茫世间，他高唱着魂兮归来，魂兮归来呵。

楚国正在走向衰亡，三闾大夫正缓缓走向汨罗江，一切都不可避免地走向结束。当形销骨立的屈原走在江畔，他听见江上传来悠悠的歌声："沧浪之水清兮，可以濯吾缨；沧浪之水浊兮，可以濯吾足……"

大夫啊，既然无法改变世道，为什么不与光同尘呢？你何不遇治则仕、遇乱则隐地活着？何苦非要寻死呢？

---

1 《哀郢》："曼余目以流观兮，冀一反之何时。"

屈原振袖大笑："定心广志，余何畏惧兮！"[1]

这已是他的绝笔。

他迈向冰冷的江水，岸边大片大片的白芦花都成了轻轻荡漾的挽歌，目睹他渐行渐远，抱石投江而亡。

他身在远方之外，却仿佛回到故乡。

少年生于楚国，长于楚国，也死于楚国。

他偏爱这里二月的仲春，也钟爱故乡成荫的橘树，入夏有明亮的天光照耀江水，冬天又会飘下白雪，轻轻掩埋楚都传出的哭声……那日他率领车队腾空而起，太阳东升照得一片明亮，他忽然回头望见他成长的故乡，仆从悲切骏马感伤，蜷缩回望不肯走向前方。[2]

于是，他就永远地留了下来。

汨罗江最终接纳了这个疲惫的倦客，而他生前深爱的人们，也深深地记住了他。五月初五恰是楚国的传统节日，百姓们为了纪念葬身鱼腹的屈大夫，也将这一天视作他的祭奠日，就这样一代又一代流传了几千年。

他就在源远流长的湛湛江水，迎着绚烂天光，化作永恒。

扑棱棱……

顷刻间，千年前的白芦花纷纷化作水鸟，向着千年后的龙舟桨声，愈飞愈远，愈飞愈远，消失在视野的尽头。

---

1 屈原《九章·怀沙》。

2 《离骚》："陟升皇之赫戏兮，忽临睨夫旧乡。仆夫悲余马怀兮，蜷局顾而不行。"

诸葛亮

LI SHI DE
YI HAN

文
山期

只因先主丁宁后
星落秋风五丈原

LI SHI DE YI HAN · ZHU GE LIANG

蜀地深秋，风把寒气和雨气吹杂在一起，湿漉漉地包围着整个盆地。成都少有太阳，诸葛亮就在这样的阴天里，披着大氅，凝望着远处的背影。

"孔明你说，我们还会回去吗？"方才，刘备这样问他。见诸葛亮迟迟不答，刘备又问了一遍，身影微微侧过来，露出手臂上系着的诸侯王印。

这是汉中之战结束后的第一个秋天，也是刘备由左将军登坛，被众人拥戴为汉中王的第一个秋天。复兴汉室的宏愿正如火如荼地进行着，虽然献帝仍然在曹操的控制中，但就在今年，由蜀地北上的刘备率领众将，终于击退曹操，将汉中收入囊中，再次将蜀、汉两地连为一体。

"跨有荆益"[1] 愿景的实现，汉中王国的建立，让蜀中的所有人都意气风发起来，好像并未受到秋日霖雨的影响。

"大王所指的是哪里呢？"诸葛亮浅笑着反问道。

"都说了这称呼显得生疏，人前叫叫也就罢了。"刘备皱起眉，随即指了指远方阴云密布的天，"那里。"

"那里？"诸葛亮抬头。那是北面，月前汉中王的军队刚从那里回来。纵使连绵的山岭和密布的阴云挡住了平原，诸葛亮仍然能够听到汉水流动的声音。

"孤总是梦到扎营在水岸旁的时候，那时夜里听着汉水的声响，想着它东流而去，孤便好奇，何时我们也能够翻过山岭去呢？"

刘备颠沛半生，一直处在北面曹操和东面孙权的围攻之下，进退狼狈。而现下有了益州，就连此前长期与蜀地分隔开来的汉中也属于他们，隔着秦岭，似乎只要垫脚望去，目之所及，便是长安。统一大业仿佛就在眼前，汉中王也切实燃起了希望。

"也许很快了。"受到刘备的情绪感染，诸葛亮的语调也轻松起来，"汉中入彀，当年在隆中时跨有荆益、一统天下的宏愿，已经快要实现了，只需……"

"孤说的是回去。"刘备纠正了他，像是想起了什么，微微笑起来。

诸葛亮沉默半晌，问："隆中？"

1　《隆中对》："将军既帝室之胄，信义著于四海，总揽英雄，思贤如渴，若跨有荆、益，保其岩阻，西和诸戎，南抚夷越，外结好孙权，内修政理。"

"孔明怕是忘了。"刘备装作失望地叹了口气，"孤曾与孔明，与诸位，都做过的约定。"

"子龙是一直把'各反乡梓'挂在嘴边的，就连翼德，醉酒时也关心那片桃林。你素来不说，但把隆中带来的琴挂在壁上，哪怕极少有抚弄的时间，却总看着它。"刘备道，"当初请你出山，孤答允过你，终有一天，会让你回到那里去。不，终有一天，我们会回到中原。"

诸葛亮静静地听着刘备说话，好像倏地回到了建安十二年的那个春天。他眼前似乎又出现了那条小溪，同左将军一起离开的时候他在坐骑上回顾，溪水那侧便是他生活了许久的草庐，被竹林淹没了，仿若宁静而安详的一个梦。

过了一会儿，诸葛亮才从回忆里缓过劲儿来："亮从未忘记这个承诺。等天下都定，还要去主公屋宅前看那棵桑树。"

刘备在涿州的家门口有一棵参天的桑树，亭亭如盖，当时乡里人便传言这一家必出贵人。刘备幼时，将它比喻成自己乘坐的"羽葆盖车"[1]，也是那个时候开始，他目睹逐渐凋敝起来的东汉朝廷，有了匡扶汉室的志向。

"是了！"刘备朗声笑起来，"瞧孤的记性，此前还说起过的，现下都忘了这件事，倒说是孔明忘了。"

"兵出汉中时有赖孔明镇守后方，可惜却未曾让你看到黄忠老爷子射杀夏侯渊的英姿。下次北伐中原，定要让孔明也一睹风采！"他拊掌道，诸葛亮便也露出一丝笑容，仿佛已经看到了胜利的大旗。他好像明白了刘备为何总是抬头，汉中在远处，秦岭也在远处，在那些云雾之后，便是他们怀抱着的关于天下的一个梦。

"还有徐州，漂泊数十年，孔明也想回去看看吧。"

"嗯。"诸葛亮道。

"那便等我们兴复汉室的那一天。"

……

他们把这个愿望当作一个暗喻一般，一提到它，便觉得前路灿烂光明起来。正

---

1 《三国志》："舍东南角篱上有桑树生高五丈余，遥望见童童如小车盖，往来者皆怪此树非凡，或谓当出贵人。先主少时，与宗中诸小儿于树下戏，言：'吾必当乘此羽葆盖车。'"

如他日后册命诸葛亮为丞相时的诏书所言那样，他们的愿望，便是助宣重光，以照明天下。

诸葛亮的记忆还停留在他同刘备相视而笑的画面，随即一阵闷雷，他醒了过来。帐外窸窣的雨声像涨起的潮水，把人推着在梦里浮浮沉沉。土腥气顺着夜风掀开军帐的一角，诸葛亮才意识到，方才不过是一个陈年的旧梦，现下自己正身处五丈原。

这里和成都隔着起伏的山丘和巍峨的秦岭，成为建安十二年出军之后汉军和魏军又一次对峙的地方。时间已经是八月了，秋天里的第一场夜雨降下来，天气眼看着就要一日冷过一日。诸葛亮缓缓吐出口气，又咳进一些潮湿的空气，缓了缓，披了衣服坐起身来。

在雨声里，诸葛亮陷入沉默。

他已经很久没有做这样的梦了，而梦里那个秋天大概是他们此生最昂扬的秋天，那时候他们是多么意气风发啊，仿佛一切都唾手可得。刘备称汉中王的时候，他们稳居成都，北面的汉中有魏延驻守，东面的荆州有关羽掌控，他们便无时无刻不怀着吞吐中原、一统天下的壮志。

只是后来的一切，便如同汉水东流般一去不回了。

建安末年的冬至时落了小雪，第二日，等来的是荆州加急送来的噩耗，孙权背盟，吕蒙白衣渡江占领了南郡，关羽身死。

再后来，便是另一个秋夜里张飞被手下所害的消息，紧接着是三峡里被点燃的一把火，已经称帝的刘备一门心思要为两位弟弟报仇，却在夷陵大败，被陆逊火烧连营七百里，最终含恨病逝于白帝城，只得匆忙托孤给诸葛亮。

短短数年弹指间，他们当初许下的愿望和承诺便几乎粉碎成齑。故人成为一个又一个冷掉的名字，君臣恩深的陛下成为了先帝。他们没有人能回到中原。

思及往事，诸葛亮叹了口气，夜露中的寒冷阵阵袭来。

那之后，曾经辉煌的汉，就只剩下诸葛亮这一个主心骨了。刘禅尚还年幼，诸葛亮接手整个国家的时候，竟然偶尔有无人可用的无力感。

时间在他脸上无情地留下皱纹，他的丞相府邸俨然成了一切政务军事的运转中心，诸葛亮停不下来，也不敢停下，身后背负着的先帝遗志总是灼烧着他。于是他用一夜又一夜的不眠不休与时刻费心周全，替这份他们许多人用心血打下的基业，换取哪怕一点胜利的可能性。为此，他几乎包揽了上至军国大事下至地方官吏选任的一切事务。这般呕心沥血，也让他的身体逐渐吃不消起来。

一个又一个的秋天轮转，为了伺机出兵伐魏，诸葛亮去了汉中。当年参与汉中之战的人大半已经埋于泉下，诸葛亮方才知道，原来汉中的天，也并不如当年先帝所说的那么晴朗。

他想着陈年旧事，没注意夜风把军帐吹开一角，等到寒气侵袭的时候，诸葛亮去将帐门关上，才无意间瞥见一抹亮光，原来已经是黎明了。

他就这样半弯着腰站在那里，看见远处起伏的山露出白茫茫的轮廓，熹微的晨光照亮他彻白的鬓发。而雨依然在下着，使得这个平原看起来萧瑟而寂寥。

再近一步便是长安了，可是漫无止境的对峙横亘在这里，他熬一个机会，机会也在熬他，逐渐的，他便生出与天地、与命数相抗的无力。

凡人躯壳，生老病死无一幸免，许多事情，年轻气盛的时候觉得大有可为，甚至生出搅弄风云之意。如今到了左右支绌之时，故人埋于青冢，亲友寥落四散，方知与天相抗，终有力竭的一日。

走到现在，诸葛亮明白自己只能尽力相抗，与司马懿继续对峙着，至于前路如何，正如他此前上表给刘禅时所言明的那般，便是"非臣之明所能逆睹"[1]的了。

而退一步，便是成都。

还会回去吗，回到中原，回到故土，回到成都……

"父亲北伐中原，这次走了还会回来吗？"数月前诸葛瞻扯着他的衣袖这样问着，他的孩子长高了许多，眉目间有强装大人的镇定，却依然是孩童恋恋不舍的口吻。诸葛亮笑着宽慰自己的幼子，彼时倒是踌躇满志。可在这秋夜里一回首，也惊觉前路已然说不清了。

---

1 《后出师表》："臣鞠躬尽瘁，死而后已。至于成败利钝，非臣之明所能逆睹也。"

时间已经是建兴十二年，他以一己之力主持北伐，也已经有七年了。这七年，当初随着刘备南征北战的将帅一个一个逝去，就连刘备时期威望极高的赵云也病逝在了汉中。他们从荆州带入成都的兵亦已老了，一切都在新旧交替中，新人尚未长成，旧人却不剩二三。

　　但诸葛亮从未放弃过。

　　他长舒了一口气，开始前线的新一天。

　　但自从梦见汉中王的那夜之后，出乎诸葛亮意料，往事纷至沓来。诸葛亮在旋即而来的夜里，梦见了四月天的白帝城。

　　人间芳菲的好季节，可那时刘备已经病了很久了，月前一纸诏书将尚在成都主持政务的诸葛亮唤来。丞相无故不离朝，接到诏书的时候诸葛亮便已经猜到，永安的情势大抵不妙，他和刘备的君臣缘分，可能没有多久了。

　　去永安的路上他总是想起一些琐事，入川以后，刘备便领着诸葛亮去看将军府里悬挂着的地图，然后转过来对他说，备当年许下的诺言，现在都实现了。从今往后，便同先生剑指中原。

　　"如今曹操势力渐强，孙权隐有坏盟之心，先生怕吗？"

　　诸葛亮还未回答，刘备便道："孤与先生一起，别怕。"

　　……

　　"别怕。"在白帝城的床榻前，刘备轻轻拍了拍他的肩膀。

　　"不能再和孔明做君臣啦。"刘备苦笑。老人的面容带着已然接受命运的释然，就这样静静地看着他。诸葛亮跪在床榻下侧，耳畔回荡的是刚刚刘备"君可自取"[1]的托孤之言，他感觉到面上湿淋淋的，也许是眼泪，脑海却是一片空白。

　　这数十年的携手走过，君臣不疑，君臣不负，现在终于走到了长揖作别的这一天，

1　《蜀书·诸葛亮传》："章武三年春，先主于永安病笃，召亮于成都，属以后事，谓亮曰：'君才十倍曹丕，必能安国，终定大事。若嗣子可辅，辅之；如其不才，君可自取。'"

诸葛亮却总觉得他们还有很多事没有做完。

"臣敢竭股肱之力，效忠贞之节，继之以死。"[1] 他听见自己的声音，然后深深地拜下去。

刘备没有点头，也没有摇头，等到书写诏敕的黄门已经退下，其他大臣也离开之后，他才忽然问道："孔明还记得此前的约定吗？"

诸葛亮茫然地抬头，刘备便道："克复中原，荡清宇内。"

说这话的时候，刘备隐有当年的气概。

"孤只是这段路的同行者，却不该是终点。"刘备说，"孔明，站起来，接下来是你的路。"

人虽死，但理想和信念却未亡。诸葛亮了然，刘备是让他接过伐魏的旗帜，一路向北，最终越过高耸的山岭，而故人便会在遗志中永生。

至于与孙权的仇怨，终将在更大的念想里消弭。

"你要振作起来，这些……"刘备指了指榻前悬挂着的地图，他的手缓慢而留恋地摩挲过汉的版图——这个他们一砖一瓦构筑起的国家，最终停在"成都"二字上，"这个国家，就托付给你了。"

他好像一直都这样信任着诸葛亮。无论是入川之际还是兵出汉中时，他从未迟疑地将后方交给这个人。也许是因为他们共同许下了一个关于天下的愿望，所以做了这半生君臣，也是半世知己。

"亮领命。"过了一会儿，诸葛亮道。他行了万分庄重的礼，为这半生同行的恩义，也为一个新的承诺，"有朝一日，亮会替陛下去长安，去洛阳，去中原。"[2]

"那便要麻烦先生去涿郡看看。"刘备打趣道，试图消弭沉重的气氛。果不其然诸葛亮闻言笑了起来，这是他来到白帝后的第一个笑容。诸葛亮回忆起白帝城往事的时候，并不觉得锥心刺骨的悲痛。在他南征北战的时候，当他望向中原，先帝就仿佛一直在他身边。

五丈原的雨一直在下，夜雨里诸葛亮睁开眼，白帝城顷刻间化为夜里浓重的叹息。

1　出自《蜀书·诸葛亮传》。

2　《出师表》："当奖率三军，北定中原，庶竭驽钝，攘除奸凶，兴复汉室，还于旧都。"

这个梦，似乎比他曾经经历过的要教他更痛。

痛的却是什么呢？

"中原……"诸葛亮凝视着黑暗，远方的山川河流都仿佛藏匿其中。这已经是他第四次翻过那巍峨的天险，到秦岭的这边来了。霸业可成、汉室可兴，这是他曾经意气风发时许下的诺言，是他这一生追逐的愿望，是刘备的遗志，而今却随着他病骨难支，越发遥不可及起来。

他会死去吗？诸葛亮倏地想。曾经他并不惧怕死亡，但是现下思及尚且年轻的陛下，思及无人可用的朝廷，却让他越来越浓地留恋起生。

哪怕再多一天、一月，或许就能见到长安。他缺的只是时间。

而天地不仁，却以万物为刍狗。

诸葛亮没来由想起二十一年前的隆中。尚还年轻的他与还是左将军的刘备坐在草庐之中，天下就铺开在他们面前的舆图上。那时左将军已经为飘零的汉室奔走半生，听说了卧龙的贤名，连着三次来请他出山相助。时至今日，诸葛亮依然记得刘备说起"兴复汉室"时的眼神，也正是那份要安定天下的执着，让他不顾一切地赔上了一辈子，也飞蛾扑火般地跟随。

臣对不起陛下，诸葛亮想。

◆03◆

晨光亮起的时候姜维巡营完毕，正好来送药。诸葛亮显然一夜无眠，见姜维过来，随口问了几句军营的事，便又是一阵咳嗽。

姜维忙道："丞相要保重身体。"

今年盛夏的时候，诸葛亮就病了。开始只是小疾，可却随着秋风渐渐加剧起来，大抵是积劳的缘故。大家都将丞相的病看在眼里，也生怕这个国家的中流砥柱倒下，总是劝他休息。可也是因此，自知时日无多的诸葛亮，更是恨不得将每分每秒都掰碎了。

他还能为这个国家、为先帝的遗志做点什么呢？诸葛亮不停思考着，任由疾病蚕食自己，却仍然觉得不够。

"丞相近来睡得不好？"姜维问。

"总是梦见故人。"诸葛亮道，"走到今日，更觉辜负良多。"

梦里梦外，有太多人为了一个天下长安的愿望燃尽了自己。他们未曾熄灭的理想，皆汇集在了今日的五丈原。

"丞相。"姜维张了张嘴，却不知道该说什么。

如今秦岭就在他们身侧，越过去的南边则是汉中。他们的抱负与理想，便全在山川之外，让他们奋不顾身地要撞破头去。

姜维想，或许终其一生，先帝也好诸葛亮也罢，这个国家里的许多人都在燃烧着自己，只求有那么一天能够终结乱世。他们凭这样的信念造出了一个汉，而现在，构筑成汉的一砖一瓦摇摇欲坠，人才寥落、主上平庸、兵出无功、丞相病重。曾经的辉煌和希望在没落下去，这个秋天愈来愈凉，好像就要把它们都带走了。

光越来越亮，远处的山影都清晰地被勾勒出轮廓来。他便望着那边出神，喃喃道："真想看看那里啊。"

"哪里？"姜维不明白。

诸葛亮叹了口气。长安与隆中，还有他们许多人的故土，就这样混杂在一起，变得逐渐模糊起来，变成小小的、地图上的一个点，唇边的一个词。又仿佛变得很大，最终汇聚成"天下"两个字。

却是壮志未酬啊。

青山枉在，白了英雄头，这山川河流，归属过一个又一个的人，他们的名字随着岁月流逝而去，却最终，可望不可即，成为梦中醒时翻覆在心头的痴念。那些天下都定的愿景，曾无数次就在眼前，就在觥筹交错时的杯盏里，却最终成为抽离不开的梦魇。

"孤不甘心。"

姜维几乎以为自己听错了。诸葛亮好像永远都是沉稳的大汉丞相。可现在他却看见诸葛亮颤抖着的手，那是浓重的不甘和遗憾。

诸葛亮就这样看着远处，晨雾和天光纠缠在一起，在逐渐模糊的视线里，他好像看见了先帝的身影。

"就都拜托孔明了。"

可是他没有做到，只有一次又一次地出师未捷，最终满怀憾恨。哪怕他无数次希望重新回到梦所在的时刻，哪怕他如何不甘，醒来也只有秋风阵阵，孤零零的五丈原。

而远山和长安，似乎都被这秋风吹散了。

诸葛亮想，这便是他的结局……

时间就这样流逝着，没有为任何人停下，也没有奇迹。

廿八这天没有下雨，夕阳如血一般鲜红，霞光染满了整片天空。建兴十二年间仿佛从未有过这样的好天气，所有人都抬起头来看，他们朝那片光芒伸出手去，带着几乎恳求的期盼。但抓不住的金色穿过他们的指尖，一刻也没有停留。

在这天夜里，诸葛亮永远阖上了眼睛。

五丈原的秋风呼啸起来，听在耳里，好似一曲绝望的挽歌，不只是唱给大汉丞相的，还是他们所有人的。

与此同时，一颗流星划过夜空迸发着耀眼的光芒，它极尽燃烧不忍熄灭，却终究还是陨落了。

陆游

LI SHI DE YI HAN

文 拂罗

王师北定中原日
家祭无忘告乃翁

第一封家书

曾孙陆传义 启：

　　我自七十九岁致仕后日日闲居在山阴老宅，而今细数，竟又赋闲了六年之久。

　　听你父亲元廷说，你好奇大宋曾经的模样，可惜汴京的繁华我也不曾亲眼见过，生逢靖康我刚学会走路便要随着一大家子奔逃，常常在睡梦里听见敌军战马嘶鸣，来不及等鸡叫，便连忙跳起来逃命。

　　听闻贼人追来，爹娘抱着我藏在草丛，怀里揣着冷饼，数日不能吃到一顿炊火热饭。唉！乱世初定以后，全家百口俱保全了性命，难道这是上天垂怜吗？[1]

　　惭愧啊，北方遥远的故土我再不曾回去，客居江南的游子我却当了一辈子。传义，倘若九州大同，来日你回到汴梁，就倾黄滕酒一壶，替我好好看一看那里吧。

陆游

嘉定二年十二月廿六日

1　《三山杜门作歌》："我生学步逢丧乱，家在中原厌奔窜。淮边夜闻贼马嘶，跳去不待鸡号旦。人怀一饼草间伏，往往经旬不炊爨。呜呼！乱定百口俱得全，孰为此者宁非天！"

铜灯快熄了，长夜却不太静，就在白发苍苍的陆游写完第一封信的时候，他耳旁再次翻涌起铁马冰河的金戈之音。

靖康的国丧，父亲的教诲，朝廷的迟疑，金贼的跋扈……纵然过了八十五年，那份怒焰仍然催促着他上阵杀敌。

宣和七年，自己出生的那一年，正是金兵大举南下的那一年。

陆家曾是江南有名的藏书世家，代代都出京官。陆游的父亲陆宰曾任转运副使，也正是在他入朝述职那年，夫妻乘舟回京，在船上接生了第三个孩子。[1]

陆宰素来仰慕"苏门四学士"之一的秦观（字少游），就为这个孩子取名为陆游，字务观。[2]

这一路虽处处听闻"金贼南下"的议论，可小陆游的出生冲淡了夫妻俩的不安。放眼望去，一碧万顷，这山河倒影洒入摇晃的水波，映入刚出生的婴孩眼中，仿佛预兆着不久后的飘摇生活。

同年冬，金兵攻宋，版图不复。

数月前是波光粼粼的行舟上喜得婴孩的笑容，数月后是风雪皑皑的边防被贼人攻陷时的嘶喊，战乱的阴霾迅速席卷各州，一年、两年……孩子满两岁了，眼里只有恐惧。

靖康耻。

陆宰对儿子形容过国破的惨状——

当时，金贼兵临城下，宋徽宗在惊慌中传位给赵桓，企图把"亡国之君"这个大黑锅甩给儿子。这位被迫"黄袍加身"的新帝赵桓，史称宋钦宗，正当他准备脚底抹油的时候，被主战派大臣李纲坚决拦下："臣等愿拼死守城！"

在投降派官员们幽愤的注视下，李纲转身大步迈出朝殿，亲自杀敌，于靖康元年二月击退金兵。

当这位名臣再回到朝廷时，赵桓却已被投降派说服，以为效仿"澶渊之盟"缴

---

1 《十月十七日予生日也孤村风雨萧然偶得二绝句》："少傅奉诏朝京师，叔船生我淮之湄。"
2 出自叶绍翁《四朝见闻录》。

纳岁币便能乞来和平，他大手一挥，竟以"丧师费财"为由将李纲贬出京城。

同年八月，金兵卷土重来，分兵两路，再逼汴京。

投降派官员作鸟兽散，留赵桓号啕大哭，写降表乞平安，却没能赢来金人的半分同情。

靖康二年，汴京陷。

金兵"杀人如刈麻，臭闻数百里"[1]，将开封府劫掠一空，徽钦二帝及妃子、皇亲、官员等三千多人也被虏去金营，沦为亡国奴。

风雪中，满城尽是嘶哑的哭喊，百姓目睹着曾经无比尊贵的王族，如牛羊般被驱赶着出城。

国……已不再有国了，该如何活下去呢？要苟且偷生吗？在这片曾经呼作"家乡"的土地上四处流亡吗？

除此之外，竟别无他法。

陆家一百多口人也沦为难民，逃往老家山阴，半路却听闻金兵渡江逼近的噩耗。

"阿爹，您不是说，等到了山阴就能回家吗……"陆游刚满四岁，紧紧抓着爹娘的衣角发抖，瘦弱的孩子想象不出什么是安定的生活，或许就是夜夜都不必警惕金贼，顿顿都能吃上温热的饭菜吧？

父亲的嗓音沉重如铁："务观，山河破碎，咱们宋人从此再也没有完整的家了！不要怕，在我合眼之前，宋人终究是要回家的，把失去的土地都夺回来！"

小陆游似懂非懂："倘若我们回不去……该怎么办？"

"不会的，哪怕我死，你这一代还会长大。"陆宰蹲下身与儿子对视，"哪怕连你都没能实现夙愿，那么还有下一代，下下代……总有一代陆家人，能亲眼见到江山大同！"

位卑未敢忘忧国。[2]

很久以后，这铿锵的话语仍然在陆游心中回荡。

---

1 出自《建炎以来系年要录》。

2 陆游《病起书怀》。

陆家颠沛去了东阳。

东阳有位义军首领名叫陈彦声，仰慕陆宰已久，愿意慷慨地接纳陆家一大家子人。于是小陆游在乡校入了学，一直到九岁，等到赵构定都临安，这才随爹娘回山阴定居。

四岁前的阴影渐渐被冲淡，胆小的孩子逐渐变得勇敢，杀声震天响的山寨，在他眼中化作真正的战场。倘若有朝一日能杀敌，该是何等的畅快！

锋利的长剑被小陆游费力拎起，认认真真地朝着草人劈砍起来，这把剑就此贯穿了漫长的八十五年，陪着他辗转到山阴、临安、南郑……

但年幼的陆游还不知道，宋高宗只愿偏安一隅，不愿听臣子们谈及"北伐"诸类的烦心事，他甚至不耐烦地挥挥手，将不少主战官员遣散回乡。

回山阴后，陆宰被迫过起了退休生活。

家里经常来客，都是备受冷落的官员，他们聚在一起追忆靖康的惨剧、痛骂秦桧的无耻、叹息朝廷的懦弱……在陆游的回忆中，桌上虽然备好饭菜，在座宾客却食不下咽。

"那些生活在北方失地的百姓，他们每天又能吃到什么呢？"席间传来喃喃。

中原久丧乱，志士泪横臆。[1]

多年后，北方人民的苦楚与惨状，皆被陆游的好友范成大记录在诗中：

州桥南北是天街，父老年年等驾回。忍泪失声询使者，几时真有六军来？[2]

陆游十七岁那年，临安传来岳将军遇害的噩耗。

说披星戴月，说重整山河，那位将军拼死守护着他的大宋，这个大宋却没能守护它的英雄。一纸莫须有，轻易斩落了那颗怒发冲冠的头颅，陆游曾在深夜里失声痛哭。

公卿有党排宗泽，帷幄无人用岳飞！[3]

诗书塑出他坚韧的血肉，刀剑剔成他不屈的风骨，饱受丧乱的孩童长成了文武

---

1 陆游《太息二首》。

2 范成大《州桥》。

3 陆游《夜读有感》。

双全的少年，日日刻苦练剑，夜夜挑灯夜读，到了"万卷纵横眼欲枯"[1]的程度。

距离国破已过了十多年，哭音被西湖歌舞徐徐冲散，山外青山楼外楼，当青衫少年来到临安赶考，满耳靡靡之音，满目白舫湖光，与父亲口中丧乱的旧都简直天差地别。

——宫里享乐的那位陛下，当真不愿北归了吗？

贡院考生们很快结识了彼此，也留意到这位眉眼真挚的青年，他不仅才华最好，剑术也最高，颇有古侠客之风。

他们纷纷前来结交陆游，戏称他为"小李白"，但这位神秘的青年总是凝望北方，眼底泛起一抹沉郁。

不久后考试放榜，陆游竟榜上无名！

众学子哗然："这怎么可能？"

原来，在秦桧影响下，激烈的主战文章并不被朝廷所容。

消极风气下，百姓们耻于二帝被金人俘走的往事，遮遮掩掩地苦笑一声，凄然道："二圣北狩去了。"

绍兴二十三年，陆游再参加锁厅试的时候，彼时的他已经二十八岁。

当青年的岁月在屡次落榜中渐渐模糊，当落寞沈园的题诗早已成为旧迹，转机在这一年短暂出现了。

锁厅试，即为在任官员与恩荫子弟开设的进士考试，陆游祖上为官，因此有了考试资格，多年压抑的思想迸发，他的文章将考官们惊得瞠目结舌。

"这……当状元都绰绰有余了吧？"

"不成，不成！这次考试有丞相的孙子秦埙，丞相特意吩咐要他排第一……"

数日后出榜：陆游取为第一，秦埙位居第二！

这些卑躬屈膝的考官之中，出了个铁骨铮铮的陈子茂，他冒着风险公平阅卷，但也彻底惹恼了权势滔天的秦桧："那小子再考试，我看谁敢让他上榜！"[2]

---

1 《解嘲》："我生学语即耽书，万卷纵横眼欲枯。"

2 《宋史·陆游传》："锁厅荐送第一，秦桧孙埙适居其次，桧怒，至罪主司。明年，试礼部，主司复置游前列，桧显黜之，由是为所嫉。桧死，始赴福州宁德簿，以荐者除敕令所删定官。"

第二年，陆游参加礼部考试，果然没能在榜上找到自己的名字。

入冬。

二十九岁的陆游独自穿过喧闹的街市，从天亮一直走到黄昏，他感觉生命中所有的风雪都朝着自己倾洒过来，愈积愈深，愈堆愈沉。

再向前走，来到一处清冷梅园，积雪不见脚印，看来这里也是一处落寞的旧园。这些年来陆游有写诗的习惯，可他此时喉中苦涩，竟吟不出任何文字。

"梅花啊梅花，寂寞开无主，又有谁特意来赏识你呢？"失神间，风吹襟袍，袭落梅花。

沙沙……

暗香拂来，花枝乱颤，它枯瘦的树枝傲然昂向高天，兀自将满树红梅泼入大雪中，如同一捧燃烧未熄的心头血，竟将梅园也缀得热闹起来。

无意苦争春……

陆游愣愣地看着它。一棵梅树粉身碎骨的血，能染透整个冬天吗？哪怕染不透，哪怕碾作尘，世间风雨能消磨它生前傲岸的香吗？

在这无人赏识的凛冬深处，他读懂了一场冷傲的花开。

驿外断桥边，寂寞开无主。已是黄昏独自愁，更著风和雨。

无意苦争春，一任群芳妒。零落成泥碾作尘，只有香如故。[1]

一年后秦桧病逝，陆游得以踏入仕途。

官场六年，弹指一挥，他在京城内不断调任，虽然都是小官职，但每次进策都直言不讳，渐渐成了主战派的知名官员之一。

绍兴三十一年，金国分兵四路，大举南侵。

赵构慌张欲渡海逃跑，被主战派官员们强硬拦下，就在危难时刻，三十六岁的陆游在"轮对"时毅然做出了一件震惊朝野的大事——泪溅龙床请北征！[2]

---

1 陆游《卜算子·咏梅》。

2 陆游《十一月五日夜半偶作》。

轮对，即京官们轮次觐见皇帝，论述时政得失，但宋高宗永远都会记得：

当轮到人微言轻的陆游时，这位看似温和翩翩的小官员竟"扑通"跪下，愤然泣泪请求陛下亲征！

赵构愕然间越往后退，陆游就跪着越往前逼近，抬袖重重一抹脸，连眼泪都洒在了龙椅上。

简直疯了。

二十年前仓皇逃窜的屈辱再度涌上赵构的心头，他已不再年轻，可自尊心仍如少年时那般脆弱，透过陆游铮铮的神情，他仿佛看见二十年前有个流离失所的孩童，一声声质问着他——

我已经战胜了对乱世的恐惧，那么陛下你呢？在无数个苟且偷生的日夜，你是否曾有过一瞬间，克服你的恐惧？

赵构勃然大怒："够了！"

陆游再也没有机会见到高宗。被冷落的日子里，他急不可待地打听着宋金战场的动向。

面对来势汹汹的金兵，六十三岁的刘锜高龄上阵，正要对抗金人时，淮西主将王权突然不战而逃，使得战线退守瓜州。这年风雪中，年迈的刘锜不幸病倒，代理主帅李横节节败退，几乎失守！

千钧一发，一介书生虞允文挺身而出，指挥水军奋勇作战，在采石矶大破完颜亮。

"杀金贼！杀——"

——楼船夜雪瓜洲渡，铁马秋风大散关！[1]

这消息轰动了整个颓唐的南方朝廷，原来金人并非不可战胜！振奋的欢呼声如星火燎原，北方版图也处处响起反抗的嘶吼，各地义军揭竿而起，一口气收复了西京洛阳。

---

1 陆游《书愤》。

陆游大喜，挥笔祝贺：

白发将军亦壮哉，西京昨夜捷书来。胡儿敢作千年计，天意宁知一日回。[1]

来年今日，大宋驿站该如梨花般处处盛开吧？等到那时，这片土地上再也没有跋扈的金贼，等到那时……

正隆六年这个机会出现了，完颜亮死于兵变，宋军士气大增，本该是乘胜追击的绝好时机。可纵使臣民有冲天之志，帝王只想蜷缩一隅。被迫"亲征"到建康府的赵构，整日无所事事，金人派使者求和，他竟毫不犹豫地同意了。

"以小事大，朕所不齿，依朕看只用谈判就够了！"

大宋就这么轻易错失了反攻的好机会，既没有改变对金称臣的耻辱，亦没有收回沦陷的土地。赵构心心念念的和平谈判，自然不被金朝放在眼里，最终不了了之。

随后，主和派迅速把持朝廷，老将刘锜被冷落，暂住建康都亭驿。因金国议和使者要来居住，刘锜竟被故意挪至"粪壤堆积"的破院中，这位铁骨铮铮的老人不堪受辱，呕血数升而死。

陆游如遭雷劈，悲痛欲绝，写下《刘太尉挽歌辞》：

驰书谕燕赵，开府冠侯王。赫赫今何在，门庭冷似霜。

堂堂大宋，就是如此对待尽忠报国的老将吗？当年枉死的岳将军，九泉下又该如何瞑目？！

哀其不幸，怒其不争，我的国啊我深爱的国，我该怀着怎样的心情去缅怀你脚下的累累忠魂？

此时，距离赵构退位还有一年。

1　陆游《闻武均州报已复西京》。

第二封家书

曾孙陆传义 启：

　　记得三十七年以前，高宗终于下诏传位，新帝在御殿前涕泪挥洒，百官拜舞时亦抽泣不止。还记得新帝即日便召见我这小臣，对我表示赏识，唉！倘若真能承君恩报国，杀身成仁又何惧！

　　可惜，君王热血易凉……

陆游

嘉定二年十二月廿七日

陆

游

　　绍兴三十二年，宋孝宗即位。

　　登基不久，赵昚风风火火地打听："当今文人中，可有比肩李白之人啊？"

　　众臣异口同声："当属陆游。"

　　于是赵昚立刻召见陆游，提拔他为枢密院编修官，还赐他进士出身——这无疑是弥补了当年科举落榜的最大遗憾[1]，更让陆游感到万分欣慰的是，登基第二个月，赵昚便下令为岳飞父子平反。

　　从此，青山有幸埋忠骨！

　　或许早在建王时期，年轻的赵昚就看厌了父皇的懦弱，他随即召回被废锢的主战派臣子张浚，共同商议北伐大计。

　　"北方一定要在朕手中夺回来！"

　　大殿之上，新帝满腔热血的声音振奋着群臣，陆游却隐隐察觉到一丝决策的莽撞，

---

1 《宋史·陆游传》："史浩、黄祖舜荐游善词章，谙典故，召见，上曰：'游力学有闻，言论剀切。'遂赐进士出身。"

他左思右想，上疏建议陛下先整顿军纪，固守江淮，慢慢夺回中原[1]。

孝宗压根没看他的折子，宁可在宫里享乐。

这态度很明显，枢密院虽掌管军事，但陆务观你一介编修官，还是好好修订条令去吧，何须插手北伐？

郁闷之下，陆游将此事告诉枢密副使张焘，这位老臣入宫质问皇帝，惹得赵昚不悦："那个陆游真是不识好歹！就撺去镇江府当个通判吧！"

陆游心中锵鸣的满腔金戈，容不下偏安一隅的临安城；充斥着软语笑音的临安城，也不能容这位心向旧都的游子。

就在离开临安府的次年，听说张浚北伐，陆游上书："张都督，北伐并非儿戏，此番不可草率出兵，需定下长远之计！"

无人听他的建议。

此刻战局不同于高宗时代，如今的金帝是被日后称为"小尧舜"的完颜雍。陆游忧心忡忡地盼消息，只听见张浚在符离大败，宋将内部不睦，被金人趁乱夺取了盱眙、濠州、庐州等地！

金国使者递来一纸和议，孝宗终究抬起颤抖的手，签下了名字。

"听说了吗？咱们大宋不再对金贼称臣，改称叔侄了！年年还要进贡几十万两银子……"

隆兴和议闹得满城风雨，陆游却再遭贬谪。

原来孝宗未登基时，王府内有两个心腹叫曾觌与龙大渊，如今这两人仗着盛宠一手遮天，官员敢怒不敢言，唯有陆游顶风上书弹劾。

孝宗听说此事，再次大怒："你还管到朕头上来了？！"

陆游被贬为建康府通判，瓜洲渡的楼船夜雪彻底沦为泡影。[2]

宦游半路，他遇到同样被贬谪的张浚，两人因北伐观点相同而惺惺相惜，谁知政敌并不愿放过他们，两年间，陆游遭逢两桩噩耗。

---

1 出自《代乞分兵取山东札子》。

2 《宋史·陆游传》："时龙大渊、曾觌用事，游为枢臣张焘言：'觌、大渊招权植党，荧惑圣听，公及今不言，异日将不可去。'焘遽以闻，上诘语所自来，焘以游对。上怒，出通判建康府。"

隆兴二年八月，张浚去世，临终前仍然含泪问："国家得无弃四郡乎？"

乾道元年，陆游被弹劾"结交谏官、鼓唱是非，力说张浚用兵"，罢了职。

想要家国太平，想要山河永安，竟成了问罪的理由？他痛痛快快将这罪名承认下来，一声冷笑，拂袖回乡。

去时还是一袭青衫的陆家少年，归来已成了不惑之年的官场倦客。

幼子紧紧牵着娘亲王氏的手，天真地仰头问陆游："阿爹，到了山阴，咱们家就安稳了吗？"

安稳……

陆游苦笑抚抚儿子的头："别怕。"

山水迢迢，前方是生还是死？是机遇还是转折？

陆游统统不知道。他已活到了父亲当初逃难的年纪，深夜从铜镜中看到一张相似的面庞：

"总有一代陆家人，能亲眼见到江山大同。"

"一定。"

曾孙陆传义 启：

中年时我曾远游到剑阁之外，也曾以书生身份入征王炎的北伐军幕，曾登临南沮水边拉弓射虎，也曾在大散关听号角吹响彻夜。到头来"平戎策"不见采纳，唉，人生难料老更穷，最后做了个麦野桑村白发翁。

传义，人生到底何其短暂？我曾为子聿写"纸上得来终觉浅，绝知此事要躬行"[1]，倘若你日后也有了孩子，一定要教他们牢记啊。

陆游

嘉定二年十二月廿八日

---

1 陆游《冬夜读书示子聿》。

寒来暑往，陆游闲居已四年。他看村童们嬉戏，放风筝，骑竹马，那风筝在空中跛扈如飞鸟，骑竹马的孩童看得走神儿，连人带马摔进泥塘。

"哎呦——"

"哈哈哈！让你不看脚下！"

孩子们叽叽喳喳笑作一团，稍微抚平陆游的内心[1]。印象里，战乱与惶恐充斥着自己的整个童年，刻苦与勤奋又贯穿了自己的整个少年，他人生里几乎从未有纵情玩乐的时刻，如今过着闲散的生活，反而更真切地看到了人间。

筇杖穿林自在行，身闲心太平。[2]

他写了不少悠闲的诗，写风，写雨，写江湖。邻里老人纷纷找他聊天，邀他喝酒，他们也晓得陆家娃娃如今成了大文人，但又觉得他跟离乡赶考那天没什么不同，只不过眉眼多了些许沧桑而已。

---

1 《观村童戏溪上》："雨余溪水掠堤平，闲看村童谢晚晴。竹马踉蹡冲淖去，纸鸢跋扈挟风鸣。"
2 陆游《破阵子·看破空花尘世》。

莫笑农家腊酒浑，丰年留客足鸡豚。

山重水复疑无路，柳暗花明又一村。

箫鼓追随春社近，衣冠简朴古风存。

从今若许闲乘月，拄杖无时夜叩门。[1]

喜悦充盈了陆游的内心，当他再抬头北望时，惊奇地发现青年时的勇敢已悄然复苏。

主战派又占了上风，王炎担任四川宣抚使，盛情邀请陆游当幕僚，一同商议北伐大事。陆游还没来得及高兴，朝廷的一纸召令同时抵达：召他去夔州当通判。

命运何其戏弄人啊。

夔州是穷山恶水、千峰百嶂之地，陆游身体抱恙，打算等第二年病好再上路。天蒙蒙亮，那日携一家人朝着蜀地赶赴，江水无风，晨雾如纱，不禁令他感慨：浮生一梦耳，何者可庆吊？[2]

足足一百六十天的远行，为了凭吊古迹，也为了镌记山河，他每天写《入蜀记》：寻好酒、买菊花、吃羊肉、想寻几条小鱼来养猫……山水风物酿入了他的文字，文字又排解了他心中的寂寞。好在，日子过得快极了。从病中接到诏令，至千里迢迢赴任，再到任职期满，其实陆游只当了一年多的通判。卸任之际，他没有耽误半分，给王炎写了封《上王宣抚启》：

抚剑悲歌，临书浩叹。

他在信中这般形容自己的心情。

不久后，王炎盛情回信，愿意召陆游去南郑前线当干办官，这意味着陆游终于有机会真正穿上战袍，骑上战马，真正与金贼正面交战了！

君不见长松卧壑困风霜，时来屹立扶明堂！[3]

"驾！"

---

2 陆游《将赴官夔府书怀》。

3 陆游《读书》。

苍凉的夔州也变得令人欣欣然起来，他安顿好家人们，孤身策马赶赴危险的南郑。马蹄轻快，战袍猎猎，当四十六岁的陆游骑着白驹，跃过山隙，他的身影仿佛又变回了那个仗剑少年，这一幕正是——当年万里觅封侯，匹马戍梁州。[1]

"铁马秋风大散关"的八个月，成了陆游此生最难以忘怀的经历。悲歌击筑，凭高醉酒，此兴悠哉，整个战场都等待自己小试身手，收复山河：他曾随部队一同卧伏坚冰，侦察敌情——"随我上！"

也曾率官兵围猎猛兽，亲手射杀过不止一头猛虎。

"中了！好箭法！"

"务观，替我写一份北伐的战略计划吧！"王炎神采奕奕，如烈火，似朝阳。

陆游点灯熬油写下："经略中原必自长安始，取长安必自陇右始……"[2]

反复删改，彻夜斟酌。顺着宣纸，力透纸背的字，它能游向北方的故土吗？能否游过无边淮河，替我看一看故都苦楚的百姓？沿着大散关，三五成行的雁，它能穿过连天的烽烟吗？能否飞过几十年阴霾，替我唤一唤徘徊的英魂？

一篇"平戎策"写完，由使者携往临安。

同年十月，朝廷回信——"不予采用。"[3]

举棋不定的宋孝宗打消了北伐的念头，轻飘飘一句命令，调王炎回京城，幕府原地解散，八个月的筹备毁于一旦。陆游只觉得郁血凝结在胸中，他颤抖提笔，字字怒诉：呜呼！楚虽三户能亡秦，岂有堂堂中国空无人！[4]

他意识到恐怕再也没有机会上阵杀敌了，挥师北上的满腔热血，沦为皇帝心灰意冷的陪葬。

1　陆游《诉衷情·当年万里觅封侯》。
2　《宋史·陆游传》："王炎宣抚川、陕，辟为干办公事。游为炎陈进取之策，以为经略中原必自长安始，取长安必自陇右始。当积粟练兵，有衅则攻，无则守。"
3　《三山杜门作歌》："画策虽工不见用，悲咤那复从军乐！"
4　陆游《金错刀行》。

曾孙陆传义 启:

　　高亢耿直者免不了被放逐。

　　而后我在宦海沉浮,名字忽然出现在弹劾的白简中,一只小船送人离开临安。转眼十年似电如霾般消逝,我在山阴披着绿蓑衣,骑着小黄牛,随邻家老叟耕作至今。

　　昨夜病重,追忆往昔,暮年岁月,似梦匆匆。

陆游

嘉定二年十二月廿九日

　　乾道八年,陆游任成都府路安抚司参议官,他骑着一头清瘦的小毛驴缓缓入川,细雨蒙蒙,衣上酒痕还未散尽,新诗已成:

衣上征尘杂酒痕,远游无处不消魂。此身合是诗人未?细雨骑驴入剑门。[1]

　　——难道我此生注定做一个诗人吗?为何要在细雨中骑驴到剑门关去?

　　在陆游漫长的人生中,他的记忆总是以南郑为分水岭,南郑之前他还有着跌宕的梦想,南郑之后他只剩下沉浮的官途。

　　活得像一片云,哪需要他,就往哪飘荡:成都、蜀州、嘉州……就这样在蜀地辗转了多年。

　　不论如何,蜀地风光总是令人沉醉,郁郁葱葱如同一场烟雨中的朦胧大梦——"江湖四十余年梦,岂信人间有蜀州"[2]。

1　陆游《剑门道中遇微雨》。
2　陆游《夏日湖上》。

陆游甚至产生了终老于此的念头，但在四月五日夜里，漫天萤火虫使他想起儿时躲在草丛里的流离时光，不禁又感伤起来

蜀州官居富水竹，四月萤火遶梁飞。流年迫人不相贷，客子倦游何日归？[1]

——陆游陆游，为何你的名中带游字，也果然做了一辈子南方的游子？

因他爱好饮酒解闷，政敌诋毁他"不拘礼法、燕饮颓放"，陆游仰天长笑："好！那我就自号放翁！"

从此，这大宋多了个放浪形骸的老臣。

只有好友范成大知道，就在自己奉旨回京前，陆游曾一路送他至眉州，眼含热泪，深深叮嘱："我平生嗜酒不为滋味，只欲在醉中忘却万事，劳烦你在陛下面前好好策划，倘若要北伐的话，最好先取关中，再夺河北……"[2]

放翁放翁，为何你的胸中满腔赤诚，却仍然饮了数十年冷冽的坚冰？

淳熙五年，陆游诗名渐盛，孝宗召见了他，任他为江西提举常平茶盐公事。次年江西水灾，为了拯救灾民，陆游急令各郡放粮，却又被政敌趁机告了一状："陆务观向来不自检饬，所为多越于规矩！"[3]

荒唐。

陆游一声长叹，辞官回山阴住了五年之久，又因诗名被孝宗召回朝廷，先后担任严州知州、军器少监等职。

世味年来薄似纱，谁令骑马客京华。[4]

他记得孝宗亲口对自己说过："严陵山水胜处，职事之暇，可以赋咏自适。"[5]

陛下终究只当他是个文人啊。

在陆游六十四岁那年，宋孝宗禅位于赵惇。

1　陆游《四月五夜见萤》。
2　《送范舍人还朝》："平生嗜酒不为味，聊欲醉中遗万事……因公并寄千万意，早为神州清房尘。"
3　《宋史·陆游传》："后累迁江西常平提举。江西水灾。奏：'拨义仓振济，檄诸郡发粟以予民。'召还，给事中赵汝愚驳之，遂与祠。"
4　陆游《临安春雨初霁》。
5　出自《宋史·陆游传》。

身为礼部郎中的陆游苦心请陛下"广开言路、行为节俭"，政敌群起弹劾他"喜论恢复、不合时宜"。

赵惇不能明辨是非，以"嘲咏风月"为由将陆游罢官。

接下来整整二十年，除了有一次回京修撰国史之外，陆游再未回过临安。[1]

他活得实在太久太久，渐渐比邻里老人们还要老了，破旧的老宅里三只猫儿陪着他。他们就这样在十一月四日的风雨中渐渐睡去，梦见金戈，梦见铁马。

僵卧孤村不自哀，尚思为国戍轮台。夜阑卧听风吹雨，铁马冰河入梦来。[2]

辛弃疾前来拜访，不止一次提出帮他重修老屋，却都被他拒绝了[3]。一年后，当辛弃疾奉旨入朝时，年迈的陆游叮嘱他早日实现北伐大计。

他注视着辛弃疾的背影，恰如几十年前挥别范成大，他们都同样在视线里渐行渐远了。

这年，是范成大病逝的第十一个年头。

陆游拄杖缓缓过身，慢慢唤着猫儿："雪儿、粉鼻、小於菟，你们在哪啊……"

老屋里有记忆，记忆里有小狸奴。

冬去春来，他蹒跚的背影也慢慢融进雪光里。

在模糊的童年回忆里，父亲说过下一代、下下代……总有一代人能见证九州大同。可他或许是太执着，太倔强，总想要亲眼见见山河太平的模样。

在陆游八十二岁那年，韩侂胄请求宁宗下诏北伐。

战事起初十分顺利，先后收复泗州华洲等地，耄耋之年的老人欣喜若狂，日日唤孩子们拿战报来读。

不料叛将吴曦暗通金国，使得北伐一步步滑向失败，史弥远割下韩侂胄的头颅，送给金国乞求和平。

---

1 《宋史·陆游传》："嘉泰二年，以孝宗、光宗两朝实录及三朝史未就，诏游权同修国史、实录院同修撰，免奉朝请，寻兼秘书监。"

2 陆游《十一月四日风雨大作·其二》。

3 陆游《草堂》自注："辛幼安每欲为筑舍，予辞之，遂止。"

遗民泪尽胡尘里，南望王师又一年！[1]

在孩子们的惊愕注视下，陆游悲痛欲绝，踉跄咳血，一病不起。

"爷爷！""爹！"

最后一封信也写完了。

到头来，只能将所有的回忆都磨成墨，一笔笔写进给孙儿的家书中，传义那孩子的脾气像极了自己小时候，想必一定能看到家国永安那天吧。

陆游顿笔，慢慢仰头，看见窗外山河入冬，院里每一株瘦骨嶙峋的梅花，都统统化作他自己的光影。[2]

不久后，八十五岁的陆游被葬在山阴祖坟，第五封家书，就在儿孙们的哭声里悠悠飘落在地。[3]

最后的家书

陆家儿孙 启：

死去元知万事空，但悲不见九州同。王师北定中原日，家祭无忘告乃翁。[1]

孩子们，莫忘，莫忘。

陆游

嘉定二年十二月廿九日

1　陆游《示儿》。

1　陆游《秋夜将晓出篱门迎凉有感二首》。
2　《梅花绝句》："闻道梅花坼晓风，雪堆遍满四山中。何方可化身千亿，一树梅花一放翁。"
3　《宋史·陆游传》："嘉定二年卒，年八十五。"

这片曾经目睹少年长大的青山秀水，终于轻轻地埋葬了垂垂老去的少年，而那片他沉沉眷恋的神州大地，也终于深深地记住了他最后书写的绝响。

六十九年以后，崖山海战爆发，宋亡。

传说，陆游之孙陆元廷忧愤而亡，曾孙陆传义绝食自尽，玄孙陆天骐则亲身参加了海战，末路兵败之际，他随十万军民一同投海殉国，没有回头。

——满门忠烈，当如是。

岳飞

LI SHI DE YI HAN

文 白斩鸡

万古独承莫须有

一人绝唱满江红

"岳将军，今日我们大败金军，实在是痛快至极！"

"金人犯我中原，伤我族人，这仇不是不报，是时候未到！"

军营里，打了胜仗的将士们围坐一圈，熊熊燃烧的篝火映红他们意气风发的面庞。

岳飞捧着一坛酒，在闹声中大笑着，内心同样激荡不已。视线落在远方的天际，他想，只要渡过黄河向北挺进，收复失地指日可待，流离失所的百姓回到家园，大宋将重燃希望。

这时一位使者被带到岳飞身边。一旁的年轻将军还未来得及报告喜讯，就被使者不高的声音兜头浇了一盆冷水——

"朝廷有令，请岳将军班师回朝。"

大帐中，岳飞召集属下议事。突如其来的诏令，实在匪夷所思。

有脾气火爆的下属忍不住拍桌而起："打了胜仗不乘胜追击，反倒当缩头乌龟逃到后方去，哪有这道理？要我看，铁定又是那帮议和派在搞鬼！这帮孙子就知道躲在后面享受荣华富贵，咱们前线上阵杀敌的士兵都没怕，他们反倒先畏畏缩缩起来了，呸！"

如今金人入侵，占据北方，大宋式微，到处战火纷飞，民不聊生。如此民族存亡之际，秦桧等人仍旧试图与金人割地议和，不少人虽看不上他的做派，但无法撼动他的地位。

这话道出众人心声，却不是问题解决之法。

帐中一时寂静，片刻后有人劝道："意气用事不可取。所谓将在外，军令有所不受，我相信只要阐明清楚，陛下会理解如今形势的。"

除此之外别无他法，其他人点头赞同。

那便试一试吧。

岳飞遂提笔回信："金兵大败，此时正值锐气尽挫，落荒而逃之际，我军士气大振，已有各路豪杰纷纷响应，如此时机得来不易，理应乘胜追击，不该放弃。"[1] 落笔后，将信折好交予使者，岳飞仍寄希望于皇帝能听自己一言。然而信送出没多久，朝廷诏令再次传来，催促岳飞回朝。

为了表示催心之急切，竟一天之内连下十二道金字牌。

如此，再不可拒。

当夜，岳飞站上城楼远眺北方，滚滚河水向东流淌，曾经一片繁华喧闹之景，早已消失数年不可见。他幻想过或许不久后的某日，往日盛景不再只是旧梦，失去的会被他再度夺回。

明明一切已经如此之近，可偏偏……只差一步！

"十年之力，废于一旦啊！"岳飞吐不出胸中愤懑浊气，忆起一路走来之艰，于黑夜不禁潸然泪下。[2]

许多年前岳飞年幼时，大宋的境况还没有那么糟。他喜爱读《左氏春秋》及孙吴兵法，机缘下拜周侗为师学习射箭，日日勤学苦练，从不敢懈怠。

周侗去世后，岳飞感怀师父授业之恩，每逢初一十五都会去祭拜。有一年父亲在师父的墓前问自己："如若将来为国家所用，你会为了忠义甘愿为国捐躯吗？"

彼时岳飞只当这是一句提点，未能真正体会它的含义。

直到后来他参军从戎，成为一名真正的士兵，直到他亲身经历靖康之变，将民间诸多苦难看在眼中，直到他意识到如若不能挺身而出改变现状，或许有一日连至亲之人都无法保护。

那时岳飞得到了这个问题的答案：他会的。

他不会忘记每一场与金人的战争。破败的城池、随处可见倒在路边的尸体、流离失所孤苦无依的人们，一幕幕场景仿佛带着血色烙印在他脑海中。

---

1 《宋史·岳飞传》："方指日渡河，而桧欲画淮以北弃之，风台臣请班师。飞奏：'金人锐气沮丧，尽弃辎重，疾走渡河，豪杰向风，士卒用命，时不再来，机难轻失。'"

2 《宋史·岳飞传》："桧知飞志锐不可回，乃先请张俊、杨沂中等归，而后言飞孤军不可久留，乞令班师。一日奉十二金字牌，飞愤惋泣下，东向再拜曰：'十年之力，废于一旦。'"

但效死之前，还有很多事要做。他要将大宋失去的土地全部夺回来。

康王赵构继位后，岳飞不断上书谏言。他认为大宋刚逢劫难，正是金人松懈轻敌之时，如今社稷有主，不能再听信黄潜善、汪伯彦之辈继续南逃之谏，反之应该化危机为时机，鼓舞将士北上反扑，共击金人，将中原失地收复。

岳飞字字肺腑，以为此法切中要害，当即可行，所以极力上书，希望朝廷能把握反扑时机，却没想到奏折很快就被打了回来，朝廷不仅没有采纳他的建议，还以越职谏言为由免了他的官职。[1]

一次失败对实现抱负而言不算什么，岳飞另辟蹊径，找到河北招抚使张所，成为他的麾下。既然职级不够，那他便凭本事挣到军功，直到有一天能站在皇帝面前亲口谏言。

于是自建炎二年起，岳飞全身心投入到抗金的战争当中去。

从胙城，到黑龙潭，再到氾水关、清河，岳飞用自小在兵书上学到的本领，仅用一支人数不多的精锐部队，就将金兵打得溃散而逃。

他以为胜利能振奋士气，只要怀抱希望，剿灭金人就不再是奢望，却不知并非所有人都能与他同力协契。

当听闻连守城的官员都打算不顾百姓安危撤兵时，岳飞拦住杜充，面色严肃："中原之地不能放弃，一旦我们离开，金兵就会立刻入城，以后再想收回就是难上加难。"

但岳飞错估了杜充，这话对于一个自私怯懦的人来说简直鸡同鸭讲。杜充全然不理，坚持要退。

雪上加霜的是，他们在后退时再度遇到金军，杜充本就惧怕金人，自知逃不出去，加之朝廷命令他守住建康，伸头缩头终究一死，最终杜充投降金军。[2]

首领叛变，一切似乎回到原点。其实不然，岳飞手下拥有了一支自己的军队。

1　《宋史·岳飞传》："康王即位，飞上书数千言，大略谓：'陛下已登大宝，社稷有主，已足伐敌之谋，而勤王之师日集，彼方谓吾素弱，宜乘其怠击之。黄潜善、汪伯彦辈不能承圣意恢复，奉车驾日益南，恐不足系中原之望。臣愿陛下乘敌穴未固，亲率六军北渡，则将士作气，中原可复。'书闻，以越职夺官归。"

2　《宋史·岳飞传》："杜充将还建康，飞曰：'中原地尺寸不可弃，今一举足，此地非我有，他日欲复取之，非数十万众不可。'……会充已降金，诸将多行剽掠，惟飞军秋毫无所犯。"

在广德的一战，岳飞利用策反俘虏里应外合的方法火烧敌营，大败敌军，驻军钟村后，即便没有粮饷，不得不挨饿受冻，他也从来不在百姓手中拿取一分一毫[1]。纪律严明，守护百姓，这便是岳家军信念的雏形。渐渐地，岳飞的名气逐渐传开，许多人纷纷前来投奔，甚至还有人将岳飞的画像供奉起来。

绍兴元年讨伐李成时，岳飞在旗帜上绣"岳"字突入敌阵，以诱敌追击，将其大败后在城楼上大喊："不愿意与贼寇为伍的人，我不会杀害你们。"那一次，光是投降的人就多达八万多人。[2]

岳家军声势逐渐壮大，招致越来越多的目光。绍兴三年秋天岳飞觐见时，皇帝亲笔题下"精忠岳飞"四个字，制成锦旗赐给他。[3]

那一刻岳飞想起曾在行军时所作的一首诗：

秋风江上驻王师，暂向云山蹑翠微。忠义必期清塞水，功名直欲镇边圻。

山林啸聚何劳取，沙漠群凶定破机。行复三关迎二圣，金酋席卷尽擒归。[4]

或许距离理想的实现，已经越来越近了。

正如岳飞所想，自那之后战况似乎愈加顺利。

作为常年驻守前线与金人交战的将军，他深知这群北方的恶狼藏在面具下的凶狠。非我族类，其心必异，一味的低头只会受到无止境的压迫。

次年，岳飞依旧积极呈递奏折，表示："襄阳等六郡是恢复中原的基本，应当先收回，以解心腹大患，而后再增兵湖湘，彻底歼灭所有的敌人。"[5]

岳飞想得很明白，金人所爱不过中原的财富，但交战多年，意志早已懈怠；即

---

1 《宋史·岳飞传》："兀术趋杭州，飞要击至广德境中，六战皆捷，擒其将王权，俘签军首领四十余。察其可用者，结以恩遣还，令夜斫营纵火，飞乘乱纵击，大败之。驻军钟村，军无见粮，将士忍饥，不敢扰民。"

2 《宋史·岳飞传》"飞抵城东，贼出城，布阵十五里，飞设伏，以红罗为帜，上刺'岳'字，选骑二百随帜而前。贼易其少，薄之，伏发，贼败走。飞使人呼曰：'不从贼者坐，吾不汝杀。'坐而降者八万余人。"

3 《宋史·岳飞传》："秋，入见，帝手书'精忠岳飞'字，制旗以赐之。"

4 岳飞《题翠岩寺》。

5 《宋史·岳飞传》："四年，除兼荆南、鄂岳州制置使。飞奏：'襄阳等六郡为恢复中原基本，今当先取六郡，以除心膂之病。李成远遁，然后加兵湖湘，以殄群盗。'"

便刘豫建立了伪齐政权，百姓心中依旧挂念大宋。因此只需二十万精兵，将中原旧土收回并非难事，江河流域土地肥沃，届时好好经营一番，等粮食收获以作后备，便能凭江直指中原以北。[1]

北伐！北伐！

这份信念萦绕在岳飞脑海之中，点燃他滚烫的热血，他大败李成，收复襄阳，紧接着邓州、唐州、信阳军，一封封大捷战报送回，大快人心，士气高昂。就连朝廷也深受感染，将随州、郢州、唐州、邓州及信阳军并合为襄阳府路，令岳飞进驻鄂州统一管辖。[2]

随后岳飞又陆续出兵解围庐州，平定起义军，招捕杨幺，战功累累，名声煊赫。其间母亲去世，岳飞欲回家守丧，都被朝廷提前下令召回，驻守军中。[3]

绍兴七年，皇帝向诸臣宣布不再干预收复中原一事，全权委托交由岳飞决断。

"听飞号令，如朕亲行。"[4]

仅八个字，举足轻重。至此，北伐一事似乎还剩一步就唾手可得。

但岳飞没想到，偏生就是这一步，遥不可及。

自金人入侵大宋以来，岳飞一直是积极的主战派，不断上奏朝廷进行北伐，与金人正面对抗。

岳家军身先士卒，冲锋陷阵，锐不可当，直将金人打得溃不成军，金人一见"岳"字旗与"精忠"旗便闻风而逃，就连完颜宗弼也不是他们的对手，屡次大败于岳飞的计策之下。

---

1 《宋史·岳飞传》："飞奏：'金贼所爱惟子女金帛，志已骄惰；刘豫僭伪，人心终不忘宋。如以精兵二十万，直捣中原，恢复故疆，诚易为力。襄阳、随、郢地皆膏腴，苟行营田，其利为厚。臣候粮足，即过江北剿戮敌兵。'"

2 《宋史·岳飞传》："赵鼎奏：'湖北鄂、岳最为上流要害，乞令飞屯鄂、岳，不惟江西藉其声势，湖、广、江、浙亦获安妥。'乃以随、郢、唐、邓、信阳并为襄阳府路隶飞，飞移屯鄂，授清远军节度使、湖北路、荆、襄、潭州制置使，封武昌县开国子。"

3 《宋史·岳飞传》："居母忧，降制起复，飞扶榇还庐山，连表乞终丧，不许，累诏趣起，乃就军。"

4 《宋史·岳飞传》："七年，入见，帝从容问曰：'卿得良马否？'……从幸建康，以王德、郦琼兵隶飞，诏谕德等曰：'听飞号令，如朕亲行。'"

但事实上，皇帝对北伐一事摇摆的态度，造成了一种微妙的平衡状态。一方面，朝廷需要岳飞的军队以抗衡金人，另一方面，却又放任以秦桧为首的议和派与金人互通。

正当岳飞筹备大举北伐时，秦桧却在后方抽调军队。在与上司张浚产生嫌隙后，岳飞一气之下解甲归乡，继续服丧，皇帝前后花了整整六日，派人劝说岳飞回来，甚至既往不咎，不追责他意气用事，直接回军即可。[1]

可回军之后，岳飞数次上书，希望朝廷举力支持北伐一事，皇帝却又开始顾左右而言他，一会儿让岳飞驻守江州，以作淮浙一地后援[2]，一会儿论功行赏，打算授封他为开府仪同三司。见此情形，岳飞大为不解："今时今日，失地未收，乃危急时刻，并非安枕无忧之时，理应训练军队，以备后用，怎能大肆庆贺，论功行赏，岂不为他人所笑？"[3]世人皆知岳飞一片赤胆忠心，为国为民，所叹所言皆是为大宋图谋，可他却忘了，在他之上还有天子。

在赵构看来，岳飞存在的威胁或许早已超过了他作为一员大将所带来的好处。

言多必失，物极必反，功高盖主，威胁帝位，不可不防。

所谓伴君如伴虎，君臣罅隙一旦产生，便再难修复。而一旦失去圣恩庇佑，便给了党同伐异之人的可乘之机。

此事当局者迷，旁观者却看得清楚。

彼时在岳家军的打压下，完颜宗弼原本几欲放弃攻宋，向北奔逃，却被一书生拦下点醒："自古未有权臣在内，而大将能立功于外者，岳飞也不例外。"[4]

---

1 《宋史·岳飞传》："飞方图大举，会秦桧主和，遂不以德，琼兵隶飞……帝累诏趣飞还职，飞力辞，诏幕属造庐以死请，凡六日，飞趋朝待罪，帝尉遣之。"

2 《宋史·岳飞传》："飞复奏：'愿进屯淮甸，伺便击琼，期于破灭。'不许，诏驻师江州为淮、浙援。"

3 《宋史·岳飞传》："授开府仪同三司，飞力辞，谓：'今日之事，可危而不可安；可忧而不可贺；可训兵饬士，谨备不虞，而不可论功行赏，取笑敌人。'"

4 《宋史·岳飞传》："方兀术弃汴去，有书生叩马曰：'太子毋走，岳少保且退矣。'兀术曰：'岳少保以五百骑破吾十万，京城日夜望其来，何谓可守？'生曰：'自古未有权臣在内，而大将能立功于外者，岳少保且不免，况欲成功乎？'"

是了，一个王朝上下异心，想要瓦解它何其容易。完颜宗弼无需自己动手，只用一句话便可轻易达成目的。

不久后，一封金国的书信送到大宋宰相府邸，秦桧打开，只见其上书写："汝朝夕以和请，而岳飞方为河北图，必杀飞，始可和。"

大抵是从此时开始，赵构原本摇摆不定的杆秤终于开始呈现倾斜之态。打压武将回收兵权，此事古往今来，数不胜数，赵构也不例外。

而在赵构身边，还有个不择手段的秦桧，同样已经忌惮岳飞许久。

当秦桧得知岳飞即将渡江北上之后便坐不住了，他本就打算以放弃淮河以北为条件与金人议和，岳飞若当真行动，他的计划便功亏一篑。于是他先是暗示殿中侍御史罗汝楫上奏让岳飞班师回朝，紧接着又请求皇帝让张俊、杨沂中等其他军队先行回师，再以"孤军深入不能久留"为由令岳飞班师。[1]

短短一日，十二道金字牌，道道是催促，亦是威胁，岳飞无奈，终究只能回来。

当夜，军队即将撤退的消息传到了城里。岳飞缓步走下城楼，听见百姓们围在一处痛哭不止。

"岳将军，若您走了，金人一定会再度返回的，他们烧杀抢掠，无恶不作，我们只有死路一条啊！"

"父母亲族皆死于金人刀下，今日我也难逃一死，难道真的毫无还手之法吗？我不甘心啊！"

我不甘心！

这四个字重重砸在岳飞心上，连灵魂都颤动，可不甘心，又能如何？

不过道一句："白首为功名。旧山松竹老，阻归程。欲将心事付瑶琴。知音少，弦断有谁听？"[2]

---

1 《宋史·岳飞传》："桧知飞志锐不可回，乃先请张俊、杨沂中等归，而后言飞孤军不可久留，乞令班师。"

2 岳飞《小重山·昨夜寒蛩不住鸣》。

岳飞最后能做的，也只有不顾朝廷催促强行再驻军停留五日，以便百姓悉数撤离才启程。[1]

回头看着荡荡空城，岳飞意识到，北伐灭金，收复故土，都不再有机会了。

他骑着马远去，踏上回京的归途，彼时他或许猜到这是一段埋葬前尘功名的路途，却没有意识到，这亦是断送他性命的不归途。

回朝后的岳飞请求解除兵权，望着追随多年的皇帝，他第一次长久地沉默着，不发一言，往日那些谏言如泡沫一般，风一吹就消散不见，又好似无形的巨石，沉甸甸地压在地上，压住他的双脚。

岳飞忽然感觉很累了，无力争辩，到最后只能俯身叩首，拜谢圣恩。[2]

当他被万俟卨弹劾，以"今春金人攻淮西时按兵不进，又欲弃守山阳"为由被押入狱中时[3]；

当他为自证清白，当众撕开外衣袒露脊背上"尽忠报国"四字，却换不来公正的一瞥，甚至连那些试图为他奔走举证、鸣冤说情的同僚，都悉数被赶尽杀绝时[4]；

当他的家产被登记查抄，日程书信被肆意编排，只为伪造那"莫须有"的证明，让他毫无反抗之力地死在暗无天日的大牢中时[5]；

宋高宗都保持缄默了，或许赵构原本没打算处死岳飞，但事态演变至此，一切便皆在不言之中了。

莫须有，是秦桧记恨岳飞，为了置他于死地而编造的罪名，又何尝不是大宋为

---

1 《宋史·岳飞传》："飞班师，民遮马恸哭，诉曰：'我等戴香盆、运粮草以迎官军，金人悉知之。相公去，我辈无噍类矣。'飞亦悲泣，取诏示之曰：'吾不得擅留。'哭声震野，飞留五日以待其徙，从而南者如市，亟奏以汉上六郡闲田处之。"

2 《宋史·岳飞传》："飞既归，所得州县，旋复失之。飞力请解兵柄，不许，自庐入觐，帝问之，飞拜谢而已。"

3 《宋史·岳飞传》："以谏议大夫万俟卨与飞有怨，风卨劾飞，又风中丞何铸、侍御史罗汝楫交章弹论，大率谓：'今春金人攻淮西，飞略至舒、蕲而不进，比与俊按兵淮上，又欲弃山阳而不守。'"

4 《宋史·岳飞传》："初命何铸鞫之，飞裂裳以背示铸，有'尽忠报国'四大字，深入肤理。"

5 《宋史·岳飞传》："飞坐系两月，无可证者。或教卨以台章所指淮西事为言，卨喜白桧，簿录飞家，取当时御札藏之以灭迹。又逼孙革等证飞受诏逗遛，命评事元龟年取行军时日杂定之，傅会其狱。岁暮，狱不成，桧手书小纸付狱，即报飞死，时年三十九。云弃市。籍家赀，徙家岭南。幕属于鹏等从坐者六人。"

了让这个在议和大计中碍事的眼中钉消失而寻找的借口呢？

在北伐和议和二选一的抉择中，赵构畏惧北方的铁蹄。完颜宗弼那句"必杀飞，始可和"几乎是明示的投名状，让偌大的宋朝连最后的血性都抛去，懦弱地斩下最锋利、令敌人都闻风丧胆的一颗头颅，拱手相送，俯首称臣，以求对方恩赐短暂的和平。

即使这份和平他们只差一步就能得到，而后从此不必再任人宰割，受制于人。

如果岳飞没有就这样死去，大宋会不会有朝一日荡平北方，恢复中原，从此人民安居乐业，幸福安康呢？

或许是会的，但以后决然不会了。

这位声名远扬的大将军只因短短"莫须有"三个字，带着一生未尝的夙愿，带着久久难平的遗憾魂归尘土。如若冤魂有声，大抵他会久久盘桓在大宋故土，含恨悲声：

靖康耻，犹未雪。臣子恨，何时灭。驾长车，踏破贺兰山缺。壮志饥餐胡虏肉，笑谈渴饮匈奴血。待从头、收拾旧山河，朝天阙。[1]

---

1 岳飞《满江红·怒发冲冠》。

于谦

LI SHI DE
YI HAN

文 顾闪闪

粉身碎骨浑不怕
要留清白在人间

LI SHI DE YI HAN · YU QIAN

194

在大明朝做官的诀窍是什么？

韬略？学问？胆识？

这些当然要有，但还有一个要诀，是在明朝职场摸爬滚打过的能臣们都领会过的——在必要的时候，你得把自己弄脏一点。

水至清则无鱼，人至察则无徒。[1]

鱼水君臣的时代早已过去，失去宰相制衡的大明朝，就像躺在一本沉重《厚黑学》上的巨人，身上缠满了纠结密集的关系网。哪怕是卓越如张居正，忠勇如戚继光，也不得不承认，在官场上吃得开，你得和皇帝搞好关系，你得和大臣们搞好关系，必要的时候，你还要和掌管批红的太监们搞好关系。

王振深谙此道。

所以他在还是青年的时候，便放弃了还算体面的儒学教官身份和常规的升职路径，挥刀自阉成了宦官，又用短短几年时间，把年少的皇太子、后来的明英宗朱祁镇哄得团团转，一跃成为了司礼监掌印太监。

因为自恃掌握了丛林法则，得势后的王振也用这种"同流合污"的处事之道规训着所有人——别管之前你是清官还是贪官，来了京城你要想混下去，就得巴巴递上一封投名状，连带几箱子赃款。黑帮怎么搞，身在明朝权力中枢的王振就怎么搞。

工部郎中王佑也深谙此道，于是工部的银子源源不断地流进王振的口袋里，当王振高高在上地问他为何没有胡子时，他还得谄笑着回答："老爷所无，儿安敢有？"

然而凡事总有例外，狡黠如王振也遇到过刺头。

刺头相貌堂堂，一脸刚正之气，袍袖一甩，一句："清风两袖朝天去，免得闾阎话短长！"[2] 就把弄权受贿的王振反衬得宛如一个小丑。

王振很生气，后果很严重。于是不久之后，这位不肯行贿的官员惨遭弹劾，以一个荒谬的借口，被判处死刑，关押狱中。

---

1 东方朔《答客难》。

2 于谦《入京》。

作为一个哲学深度不太够的反派，王振彼时的内心想法十分直白：一个小小地方官，咱家治你还不跟玩儿似的？

然而反派也有反派的坎儿，王振这边还没来得及冷笑着说出"顺我者昌，逆我者亡"这句经典台词，舆论先炸了。

当王振走出门去，京城到处都是为刺头喊冤的百姓；当他窥伺朝堂，每天都有为刺头申冤的大臣。王振开始意识到事情的严重性，原来这个名叫于谦的地方官竟有如此威望，虽说争议这种东西，他向来不带怕的，但于谦下狱一事是他勾结官员暗箱操作，一旦皇帝重视起这件事，彻查起来，难保不会将一些黑暗中的东西连根拔起。

翻来覆去打了一宿算盘，王振发现自己现阶段除了放过于谦，就此作罢外，竟没有更好的选择。最终，被关押了三个月的于谦被无罪释放，王振给出的理由也和扣下他的罪名一样荒谬——抓错人了，犯罪的是另一个重名的于谦。

自找台阶的大太监当然满腹不甘，于是出狱后的于谦被降职为大理寺少卿，就在他打算进一步给于谦点颜色看看的时候，刷新他世界观的事情又发生了。

这天，他正准备陪英宗上朝，殿外却传来了一则重磅消息：宫门口跪满了从山西、河南两省赶来的官吏和百姓，不是几个，也不是几十个，而是整整几千人。前来朝会的大臣们被堵在门外，好事的百姓们聚在一起远远地围观，前来请愿的吏民们双手捧着奏疏，高声疾呼："请陛下将巡抚于谦官复原职！"不久后，就连周王、晋王等藩王也接连上书，接于谦"回家"。[1]

事情发展到这个地步，已经不是王振能控制的了，在"此人到底是何方神圣"的震撼中，他眼睁睁看着于谦风光远去。

王振不知道的是，两个人之间的"缘分"远不止于此，因为就在不久的将来，这位正得发光的文官将不得不挑起重担，收拾王振留下的史诗级烂摊子。

---

1 《明史·于谦传》："下法司论死，系狱三月。已而振知其误，得释，左迁大理寺少卿。山西、河南吏民伏阙上书，请留谦者以千数，周、晋诸王亦言之，乃复命谦巡抚。"

于谦，祖籍山西，出生于山青水美的杭州府钱塘县。

与所有历史名人一样，在于谦的早年经历中，也有几段奇幻的玄学邂逅。《明史·于谦传》开篇写道，于谦七岁的时候，曾有一位疑似穿越者的高僧抚着他的脑袋，啧啧称奇道："这孩子日后必定会成为一位拯救时局的宰相。[1]"

于谦八岁的时候，着红衣骑黑马上街游玩，路旁的一位老者见他可爱，便逗他道："红孩儿，骑黑马游街。"小于谦脆生生应答："赤帝子，斩白蛇当道。"

这两段传说都有后世附会的嫌疑，可信度不高，但从这些故事中，我们也可以大致获知到一些信息，就比如童年便能骑马游玩，于谦必定生活在一个条件相当优渥的家庭，再比如出口便能成对，于谦必然是一个通透早慧的孩子。

事实也的确如此。

永乐十九年，二十三岁的于谦考中进士，成为了一名品级不高的御史，开始了自己的仕途。挂海报、集小卡似乎是所有懵懂青年绕不开的青春，新人小于也有自己的偶像，在文挂诸葛亮，武挂岳飞的潮流里，他独家定制了一幅文天祥的等身画像，挂在了自己的书桌前。

当小于向同僚们展示"我偶像文天祥"的时候，大家的神情都有些复杂。

倒不是民族英雄文天祥本身有什么问题，主要是他所处的历史背景着实有些惨烈：蒙古压境，南宋败亡，丞相陆秀夫不肯向敌人屈膝，先驱逐妻子入海，而后背着八岁的小皇帝跳海而死，同样身为"宋末三杰"之一的文天祥最卓越的成就，似乎也在于他的誓死不屈。

人生自古谁无死，留取丹心照汗青。[2]

一首《过零丁洋》，将文天祥的人格魅力升华到了无以复加的程度。

文天祥的倔强、坚贞，他身处绝境中不畏一切的勇气，都为后世文人所称颂，

---

1 《明史·于谦传》："于谦，字廷益，钱塘人。生七岁，有僧奇之曰：'他日救时宰相也。'举永乐十九年进士。"

2 文天祥《过零丁洋》。

可作为一位事业上升期青年的偶像，文天祥却显得有点"冷门"了。毕竟为国赴死实在算不上什么好兆头，二十出头的青年，谁不想烈火烹油，鲜花着锦地活上一场？

谁也不愿意让自己的志向，从一开始就蒙上一层悲凉的底色。

所以他们都做不成"于谦"，终大明一朝，也只出了这么一位"于谦"。

或许是出于热爱，青年于谦将偶像文天祥的慷慨义愤学了个十成十，在其他新人还寂寂无名的时候，于谦已经凭借着一场"好骂"，赢得了明宣宗朱瞻基的青睐。

宣德元年，汉王朱高煦聚众谋反，企图像自己的父亲朱棣那样，把侄子赶下台去，但这位重新打起"靖难"旗号的藩王显然没有搞清自己几斤几两。在王师的重重围困下，傻眼的朱高煦只得出城献降。

预想中的生死决战没有打起来，御驾亲征的明宣宗看着这个不争气的叔叔，心里也颇有几分无奈，为了让这场平乱的收尾不至于太过潦草，明宣宗派出了我方"最强辩手"，当众一条条数落朱高煦的罪行。而被他叫出来的，便是我们的职场新人于谦。

上谏骂人也不是个简单活。

一边是天威浩荡的皇帝，一边是掀起滔天巨浪的藩王，放眼望去，数十万大军在乐安城外严阵以待，在这种威压满满的气氛里，多少有资历的官员都在人堆里暗暗腿软，被点到名的于谦要在这种场面下骂出气势，骂出风采，着实需要些技术。

只见小御史一身青色官袍，排众上前，冷冷地看着眼中犹有几分不忿的朱高煦，正色崭崭，声色震厉，直将这位不可一世的藩王骂得伏地战栗，高声呼号道："臣罪万万死，惟陛下命！"骂到最后，连坐在麾盖下的明宣宗都不禁挑挑眉梢，顾问左右："这小子是谁？这么会骂？"

此事过后，于谦节节高升。

明宣宗的眼光没有错，于谦不仅是辩论场上的好手，怼人界的标兵，他也着实是一位能够为民请命的好官。

外任期间，于谦相继担任了江西、河南等地的巡抚，在他的治理下，这些地区的老大难案件都被连根拔起。有了于谦这个父母官，灾年老百姓不必再饿肚子，丰年村镇也不必担心被盗寇滋扰，贪官没有办法继续作恶，良民也不会因为得罪官府而家破人亡。

这也就是为什么于谦被抓时，宫门外会出现开头的那一幕。

王振之流永远都不会明白，于谦在朝中不需要保护伞，在烈日下荫蔽起于谦的，是无数百姓默默为他撑起的一把"万民伞"。

正统十四年，在大明朝的朝堂之上发生了一起血案。

数十个手无寸铁的大臣竟当着监国王爷朱祁钰的面，将锦衣卫指挥使马顺群殴至死，而后这些大臣还嫌不痛快，又你一拳我一脚地打死了宦官毛贵和王长随。三人的鲜血顺着地面流淌，染红了陛阶，坐在龙椅上的朱祁钰两股战战，看群臣的眼神仿佛在看末日文里的丧尸，唯恐他们的拳头落到自己身上。[1]

这段仿佛 AI 生成、毫无逻辑的话语，在历史上居然真实上演过，而引发这场暴乱的理由也十分充分——这是一场压抑许久的复仇，对于宦官，对于锦衣卫，以及对于这一切动荡始作俑者的复仇。

就在几天前，明英宗率领的明朝二十万大军在土木堡全军覆没。这些人都是明朝最精锐的部队，然而在宦官王振的随意指挥下，这些保家卫国的将士们还没来得及利刃出鞘，便死在了瓦剌首领也先率领的蒙古铁骑下，一同死去的，还有随驾出征的五十余位文武官员。

一夜之间，无数人失去了亲人、师长、同僚、朋友，而眼下英宗被俘，也先大军压境，接下来他们将要失去的，是誓死守卫的家国。

谁该对这一切负责？

是谁中饱私囊触怒了也先，还将大量兵器军火卖给了敌人？

是谁挑唆君王，利用英宗好大喜功的心理，在全无部署的情况下，贸然带领大军御驾亲征？

1　《明史·于谦传》："郕王方摄朝，廷臣请族诛王振。而振党马顺者，辄叱言官。于是给事中王竑廷击顺，众随之。"

是谁为了"衣锦还乡"这样的荒谬理由，随意让大军改道，致使明军在退兵途中全军覆没，忠臣良将战死沙场，京城局势危如累卵？

　　是王振！是他在朝中那群为虎作伥的党羽！

　　在这种仇恨的催动下，再注重礼法的文臣都会变成最原始的动物。起初朝臣们的情绪还算压得住，他们只是哭泣着跪求监国的朱祁钰诛灭王振全族，以息众怒，可王振的党羽马顺在这种时候竟然不知死活地大声斥骂言官，等待他的自然是大耳刮子和灭顶之灾。

　　当时，户科给事中王竑震怒到当场猛薅马顺的头发，甚至一边骂一边狂咬马顺的脸，周围挂着眼泪的大臣们也撸胳膊挽袖子纷纷动手，上演全武行。朱祁钰哪见过这场面，当即便要溜而遁之，可就在他起身的瞬间，一只略显苍白的手紧紧抓住了他的衣袖。

　　朱祁钰仓皇惊恐地回过头去，看见了兵部尚书于谦的脸。

　　于谦显然是从乱成一团的朝臣中挤过来的，袍袖撕裂，形容也是十分的狼狈，在他的眼中，朱祁钰看到了眼下大明朝朝野上下最珍贵，也是最稀缺的东西——冷静。

　　在这种冷静目光的注视下，朱祁钰也逐渐恢复了五感，紧接着，他在一片喧闹中听见了于谦的声音，他说："马顺等人论罪当诛，所以他被当廷打死的事，希望您不要追究了。"

　　听了于谦的话，朱祁钰豁然开朗：是啊，马顺作为王振党羽，本来就该死的，但今天自己如果就这么跑了，散朝后马顺手下的锦衣卫必然不会善罢甘休，到时候外敌问题还没有解决，锦衣卫又开始失控屠杀群臣，那等待大明朝的不就只有死路一条？于是他赶忙点头，认同了于谦的决策。

　　与此同时，下面打爽了的大臣们也很快意识到了这一点，消停了下来，朝堂重新恢复了沉寂。所有人正了正衣冠，不再去管脚下横着的尸体，他们钦佩地望着站在高处的于谦，看他用嘶哑了的嗓子恭恭敬敬向朱祁钰谢恩。

　　一场难以收拾的乱局，就这样被于谦的一句话解决了。

　　下朝后，于谦衣袍散乱，依旧一脸正气地走在紫禁城的玉阶之上，在他的身后，跟着劫后余生的大臣们。

想到今天朝堂上发生的事，以及如果没有于谦主持大局，他们可能会面临的下场，吏部尚书王杰后怕不已，他上前紧紧握住了于谦的手，感叹道："国家所倚仗的，就是于公你这样的人啊！今天的情况，即便是一百个王直，也处理不了。"[1]

面对这堪称殷勤的肯定，于谦眉头紧锁，他思考的问题显然更加沉重。

他该如何挽狂澜于既倒，在即将到达的也先大军的冲击下，保住这座摇摇欲坠的北京城？

其实除了与来势汹汹的瓦剌大军硬刚外，他们还有另一种方案——跑。

说出来可能不大好听，然逃避虽可耻但有用，趁眼下还来得及，所有在朝官员护卫着皇室，带上老婆孩子，再捎上少部分跑得快的京城百姓，能跑多快跑多快，能跑多远跑多远，效仿当年的南宋，少说还能再苟上一百年。

此方案不可谓不诱人，事实上英宗被俘的消息刚刚传回来，就有人对南迁之事疯狂心动。为了说服朱祁钰和大臣们，一位名叫徐珵（后改名徐有贞）的官员甚至搬出了天文学，企图用天象证明，迁都南京才是人心所向，负隅顽抗只会自取灭亡。

面对徐珵这种不是汉奸，胜似汉奸的言论，于谦的反驳也是极尽简洁，他只强调了两点：

第一，言南迁者，可斩也！

第二，请在场诸位想想，当年宋朝南渡后，落得了什么样的下场？[2]

此话一出，便犹如一道横贯的闪电，照亮了朝堂上大臣们惶惑到昏沉不振的心神：南逃的确可以保得一时苟安，可逃到南方以后呢？同样的剧本南宋早已为他们演绎

1　《明史·于谦传》："谦排众直前掖王止，且启王宣谕曰：'顺等罪当死，勿论。'众乃定。谦袍袖为之尽裂。退出左掖门，吏部尚书王直执谦手叹曰'国家正赖公耳。今日虽百王直何能为！'当是时，上下皆倚重谦，谦亦毅然以社稷安危为己任。"

2　《明史·于谦传》："谦厉声曰：'言南迁者，可斩也。京师天下根本，一动则大事去矣，独不见宋南渡事乎！'"

过了，所有人都清楚地知道，苟安者的下场并不似投降派描述的那般美好，靖康之耻，岳飞之死，襄阳失守，国破家亡！难道有朝一日，他们这些大臣也要背着明朝的小皇帝去跳海吗？

蒙古人的元朝灭亡还不到一百年，在自己的土地上被异族奴役的恐惧尚未完全消散。

大明朝，绝不能重蹈覆辙，所以北京城拼死也要守住！

在于谦意志的引领下，明朝仅剩的文臣武将拧成了一股绳，一致对外，再不考虑逃亡或求和。瓦剌骑兵难以抵挡，于谦便命人修筑加固城墙，布防大小关隘；北京城内人心惶惶，于谦便让官吏们着重维护治安，安定民心；三军精锐在土木堡消耗殆尽，他便任用与瓦剌有过多次交战经验的老将统军，对士兵们进行针对性训练，让他们在短时间内成为足以抵抗瓦剌的"特种兵"。[1]

一时之间，人们几乎要忘了于谦不过是个手无缚鸡之力的文官，他身上体现出的临危不乱、大智大勇，如同一根定海神针，驱散了一切阴霾恐惧。他们都深信，只要有于谦在，滔天的风浪也终会平息。

这种局面显然是蒙古瓦剌部的首领也先没有想到的。在他的幻想中，面对绝对的武力压迫，明朝官民合该像热锅上的蚂蚁，乱成一团，待他这边招一招手，便爬过来摇尾乞怜。可现在绑架信和战书一同寄出去了，于谦等人一没有送来金帛求和，二没有献上赎金救人，这让他这个绑匪很没面子。

见讨不到一点好处，也先显然有些气急败坏，他推搡着被俘虏的明英宗，企图让他用皇帝的身份替自己叫开城门。这一做法可谓拙劣又狠毒，偏偏刀架在脖子上了，明英宗也不得不就范，可就在这关键时刻，又一则震撼也先全家的消息自北京传来。

正统十四年九月末，在于谦等大臣的联名上奏下，郕王朱祁钰即皇帝位。[2]

这样一来，也先手里的人质明英宗瞬间便从九五至尊，变成了可有可无的太上皇帝。

---

1 《明史·于谦传》："谦请王檄取两京、河南备操军，山东及南京沿海备倭军，江北及北京诸府运粮军，亟赴京师。"

2 《明史·于谦传》："初，大臣忧国无主，太子方幼，寇且至，请皇太后立郕王。"

于谦的意思再明白不过，他是在昭示也先，你手里的人质，我们不要了。

也先的绑架勒索计划，彻底落空了。

另立新帝这件事，好似一支离弦便无法回头的利箭，直直地射穿了也先的心脏，颠覆了他的阴谋算计，也为他在北京城的大败写好了序章。

当时的人们还不知道，这支沾着也先鲜血的利箭，也会在若干年后刺穿于谦的胸膛，以一种更为冰冷残酷的方式……

不，或许于谦自己早有预料。

但他别无选择，如果不拥立一位新皇帝，握在也先手里的明英宗便会成为一枚万用的筹码，年轻皇帝的脖颈细嫩柔弱，为了保证它不被近在咫尺的匕首割断，他们必须送上无数的金帛岁贡乃至城池作为赎金，可人的贪心是没有止境的，这个无底洞要填到什么时候呢？大明朝会不会就此断送其中？谁也不知道。

皇帝固然重要，但与整个国家放在一杆秤上，也并非不可割舍。

可问题是谁来割下这一刀，在君主至高无上的封建社会，谁来背负这样的压力、风险和骂名，正当所有人都怕把自己声名弄脏的时候，于谦再一次站了出来。

不为别的，只因他比谁都要磊落。

在做这件事时，他的心中无半分私欲掺杂，他比谁都更能确认自己的干净。

景泰八年，自被瓦剌送回，便一直被幽禁在南宫的明英宗朱祁镇向他的弟弟朱祁钰发动了反击，史称"夺门之变"。在石亨、徐有贞（也就是那位主张南逃的徐珵）、太监曹吉祥等人的拥戴下，历尽沧桑的朱祁镇终于重新坐上了皇帝宝座。

即位后，他做的第一件事，便是下旨逮捕兵部尚书于谦——此时距离北京保卫战已经过了八年，与灭顶之灾擦肩而过的大明朝河清海晏，四境安宁。

然而真的将于谦下狱后，朱祁镇却陷入了深思。

在经历了惨烈的土木堡之变、毫无尊严的人质岁月，和数载幽禁生活后，他早已经不再是那个天真荒唐的小皇帝。在千万次愧悔后，他心如明镜，几乎颠覆社稷的自己又哪里有资格去记恨为国尽忠的于谦？

于谦没有错，就算自己当时真的不幸死在了瓦剌军中，他也并不认为于谦有错，错的从来都是自己。

所以在听到拥戴者们对于谦的构陷攻击后，他只是摇了摇头，说道："于谦实有功。"

然而有功又如何？徐有贞冷冷的声音在朱祁镇耳边提醒："陛下如不杀于谦，则复辟之举出师无名。"

朱红的御笔在空中悬停许久，最后落在圣旨上，还是连成了"斩立决"三个字。[1]

朱祁镇可以放过于谦，但明英宗不可以。

在得知自己的结局时，身在狱中的于谦还听说了另外一则轶事。来人告诉他，夺门之变那日，那位曾经因为关切他身体，亲自到万岁山替他砍竹子取竹沥消渴的明代宗朱祁钰，在听到复位的鼓钟声后，曾惊惶地坐起身来，向左右询问："是于谦夺位吗？"在得知是朱祁镇发动的宫变后，他才松了一口气，含糊道："哥哥做，好……"

死从来不是最可怕的事情。或许在瓦剌大军压境时，于谦就已经暗暗做好了被异族俘虏，像文天祥一样为国殉死的准备，可现实却给了他更为沉重的一击。

他打得退也先的千万铁骑，但却走不出人心的莽莽荒原。

他所捍卫的大明王朝的两位君主，一前一后，用不同的方式将这位忠肝义胆的功臣捅了个对穿。

血，赤淋淋的，染透了他洁净无尘的官袍，玷污了他的衣襟，这世界上再没有比人心更脏的东西。

于是他笑了。

在同僚满含不甘，急于为自己争辩的时候，他轻蔑地说："石亨等人执意如此，辩之又有何益？"他无比清醒地看着台上那些为皇位权势争夺的小丑，坦然地面对着自己的死亡，为臣一场，俯仰一世，他无愧于国家，无愧于自己的良心，这就够了。

1　《明史·于谦传》："奏上，英宗尚犹豫曰：'于谦实有功。'有贞进曰：'不杀于谦，此举为无名。'帝意遂决。"

天顺元年的二月，于谦被押往崇文门外，处斩弃市，他的家产被籍没，家人也全部被流放。有想要凭于谦一事飞黄腾达的官员提议，于谦谋逆大罪，理当灭族，但却很快被驳回。

于谦之死，是明英宗的箭在弦上不得不发，但大明朝亏欠于谦的，已不能再复加一分了。

直到明英宗之子明宪宗为于谦平反赐祭时，北京城上空萦绕的哭声还未消散。每到于谦的忌日，人们都会自发地来到路口，在飞扬的纸灰中为于谦哀悼恸哭，他们吟诵着于谦的诗作，怀念着他的清廉和忠勇，同时感激着他为这个国家付出的一切。

千锤万凿出深山，

烈火焚烧若等闲。

粉身碎骨浑不怕，

要留清白在人间。[1]

一首《石灰吟》，道尽了于谦一生的无悔无畏，以至于许多人都忘记了，这首仿佛绝笔的七言，是他十七岁时写成的。

1　于谦《石灰吟》。

下期彩蛋

猜猜下一本主题

我那迷人的老祖宗

受命于天，既寿永昌。

图书在版编目（CIP）数据

历史的遗憾／古人很潮编著.-- 武汉：长江出版
社,2024.10.-- ISBN 978-7-5492-9736-8

Ⅰ.I247.7

中国国家版本馆CIP数据核字第20240X3D33号

历史的遗憾 / 古人很潮 编著
LISHIDEYIHAN

出　　版	长江出版社				
	（武汉市解放大道1863号　邮政编码：430010）				
市场发行	长江出版社发行部				
网　　址	http://www.cjpress.cn				
选题策划	陈　辉　龚伊勤				
责任编辑	钟一丹				
特约编辑	郭　昕　刘静薇				
总 策 划	ZOO工作室		**开　　本**	710mm×1000mm 1/16	
装帧设计	殷　悦		**印　　张**	13	
印　　刷	深圳市精彩印联合印务有限公司		**字　　数**	220千字	
版　　次	2024年10月第1版		**书　　号**	ISBN 978-7-5492-9736-8	
印　　次	2025年6月第11次印刷		**定　　价**	45.00元	